白虎獣人弟の臆病な学者事情

このたび獣人学者様の秘密の仮婚約者になりまして

百　門　一　新

I S S H I N　M O M O K A D O

一迅社文庫アイリス

CONTENTS

シリウス・ティグリスブレイド	ティグリスブレイド伯爵家の嫡男。二十六歳。ルキウスの兄で外交官。古代種である白虎の獣人。次期外交大臣とされている。
クリスティアナ・エドレクス	エドレクス王国の末姫。二十歳。あらゆる言語を翻訳できる『賢者の目』の持ち主。活発でお転婆な姫君。
ザガス・ウィルベント	イリヤス王国の人族貴族であるウィルベント公爵家の嫡男。シリウスの補佐役。自国では王都の治安部隊に所属。
レイ	獣人族の老医師。ルキウスの主治医で飄々とした人物。神出鬼没。

・・・　用語　・・・

イリヤス王国	獣人族と人族が共存する大国。圧倒的な軍事力を持ち、防衛においては最強といわれている。
エドレクス王国	陸続きの国に囲まれた小国。書と学の都と謳われ、膨大な貴重文献が国内に保有されている。教育制度に優れている。
獣人	戦乱時代には最大戦力として貢献した種族。人族と共存して暮らしている。祖先は獣神と言われ、人族と結婚しても獣人族の子供が生まれるくらい血が濃く強い。家系によってルーツは様々。
仮婚約者	人族でいうところの婚約者候補のこと。獣人に《求婚痣》をつけられることによって成立。獣人は同性でも結婚可能で、一途に相手を愛する。
求婚痣	獣人が求婚者につける求婚の印。種族や一族によってその印は異なる。求婚痣は二年から三年未満で消える。
古代種	獣人のはじまりといわれる祖先に近い種族、または一族のこと。

白虎獣人弟の臆病な学者事情
このたび獣人学者様の秘密の仮婚約者になりまして
characters profile
ルキウス・ティグリスブレイド
イリヤス王国の獣人貴族であるティグリスブレイド伯爵家の子息。二十六歳。古代種である白虎の獣人。先祖返りで獣化するため、その解明のため学者になった。
エレナ・フィル
イリヤス王国の辺境にあるバベスク村の宿屋の娘。十七歳。思いを込めて声を発すると植物が反応する能力の持ち主。密かに村の外の世界に憧れを抱いていた。

イラストレーション◆春が野かおる

白虎獣人弟の臆病な学者事情　このたび獣人学者様の秘密の仮婚約者になりまして

BYAKKO JYUUJIN OTOUTO NO OKUBYOUNA GAKUSYA JIJYOU

序章　悲しき双子の弟は

五歳の頃《ころ》だった。

雨の中、守るように強く手を引いて走った兄の手の温《ぬく》もりは、今でも忘れられない。

『この子を外に出してはいけないの！』

上空で轟《とどろ》いた稲光に重なって、身が切り裂かれるような悲鳴を上げた母の泣き声が、雷鳴のように頭の中にこだました。

それで、いい。

そうルキウスは思っていた。

自分は父達を傷付ける。同じ顔をした、大好きな双子の兄まで吹き飛ばす。牢《ろう》の中で誰《だれ》も傷付けることなく済めば、と……。

でも、兄は違った。

同じ日に生まれた双子の兄、シリウス。彼はそんなことを望まなかった。

「そんなこと言うなっ。お前はたった一人の、僕の弟なんだぞ！」

そう言ってくれて嬉《うれ》しかった。

そしてルキウスは、『自分さえ引っ込めばいい』と思った自分の弱さを恥じた。

それはきっと兄を傷付けた。

ごめんね、と涙ばかり溢《あふ》れた。でも、どうしようもなかった。

ルキウスは兄みたいに強くはなくて、泣き虫で、怖がりで……狂暴な獣になった時、周りの全《すべ》てを傷付けるから。

雨に打たれながら立ち止まった兄が振り返った時、ルキウスははっと息を呑《の》み、彼よりも少し薄いブルーサファイアの獣目を見開いた。

そして――もっと悲しくなった。頭にある獣耳を頭に伏せ、悲痛に震えた。

「……僕達は、たった二人の兄弟なんだ。同じ日に生まれて、同じ日に祝福を受けた。それなのに、お前だけが冷たい地下の牢屋に入れられるだなんて残酷なこと、あってたまるものか」

強い兄が泣いたのを、その時に初めて見た。

ルキウスも泣いた。

「殺人衝動さえどうにかできれば、ルキウスは隠れていなくて済む。そして一緒に獣化をどうにかする方法を探すんだ」

それを聞いて、ルキウスは『兄のためにも』と強く思った。

獣になってしまうこの身の怖さに向き合えば、逃げない姿が、心を深く傷付けてしまった兄へのせめてもの償いになるだろうと思った。

「僕は誰にも負けないくらい強くなって、いい立場と権力を得て調べてやるんだ」

「じゃあ、僕は学者になる。なんでも調べられる学者に……自分の獣化というものを、怖いままにしたくないから」

見つめ合い、そっくりな互いを引き寄せて額を合わせた。

大好きだ。離れるなんて考えられない。

でも、予想もしていなかった別れを、ルキウスはこの時に覚悟しなければならなかった。

(大好きだ、兄さん。だから……僕は〝独《ひと》り〟を選ぶよ)

臆病《おくびょう》な彼には、一人で大きな世界に飛び出すことは恐怖だった。

でも、そうしなければならない。けれどこの決意は兄を悲しませると分かっていたから、初めて兄に言えないことができた。

「それでこそ僕の弟だ。一緒に頑張ろう、ルキウス。僕達は神様からの贈り物だって、母様も言っていた。この世で同じ顔を持った、たった二人の兄弟なんだ」

「うん、そうだね兄さん。僕も、……頑張りたいよ」

きっと、叶《かな》わない。普通の人生なんて望めないだろう。

(僕は――家族や、兄のそばにはいられない)

一緒に頑張ろう、と言ってくれたのが嬉しかった。それだけで力になった。

王都から離れるために、できるだけ早く研究で各地を走り回ることができる立場になろう。

最高学院を最短で卒業し、王都を完全に離れるのだ――兄のおかげで、その決意を固めることができた。

（兄さん、大好きだ）

だから、どうか勇気を。

一人で行動するなんて考えもしなかった頃の自分とは、さよならをして、頑張ろう。

これは、呪《のろ》いだ。

一緒にいたいと願い、兄に甘え続けた僕の甘さなんて、打ち砕いてしまった。

――そして兄のシリウスは伯爵家の跡取りとなり、外交官となった。そして弟のルキウスは学の道を歩み、博士として単身国内外を巡る旅人のような学者になった。

一章　風変わりな獣人学者がやってきました

目にいっぱい飛び込むのは、緑と広い青空。見渡す平原にはぽつりぽつりと点在している畑と、岩と、洞窟《どうくつ》、遠くにぽつりぽつりと見える民家――。

それが、十七歳のエレナ・フィルの新芽の瞳《ひとみ》に映る、全《すべ》てだった。

ここはイリヤス王国の中心地からだいぶ離れた、バベスク村だ。隣接する三つの村は仲良く暮らしており、食べ物、生活用品、必要なものは揃《そろ》っていた。

流行《はや》りの店がある町まで馬車で二晩かかるが、それを不便だと思ったことはなかった。貴重な面白い本だって、時々〝馬車に乗って〟やってくる。

知らないことをたくさん知っている専門家達、見たこともない専門書や参考書と呼ばれる学術書の訪れは、密《ひそ》かにエレナの一番の楽しみだ。

その時、予定していた看板修理で、近所の二人の男性が店の入口から顔を覗かせた。

「おや、また食堂に本が増えているね」

「この前の旅団が置いていったのかい？」

「はい、読み終わった本と交換したら喜ばれて、数冊多めにいただいたんです。基礎を実地で学んで推薦で受験資格を得る研修生様には、貴重だったみたいで」

飽きずに眺めていたエレナは、ぱっと立ち上がり振り返る。

十七歳にしては頼りないほど細い背中で、リボンで簡単に留められた長いブラウンの髪が舞った。

大きな目は、両親の緑よりも明るい新芽の色だ。身長は低く、あどけない愛嬌《あいきょう》がある顔立ちもあって、よそから来た人に高確率で十六歳未満に間違われた。

「来てくれてありがとうございます。大事にしていたんですけど、看板が昨日とうとう落っこちちゃって。来てくださって有難いです」

「いいってことよ。助け合いだ、たまにご両親にはメシの世話にもなっているし」

ぱたぱた向かってきたエレナが店の入り口に出てちょこんっと立ち止まるなり、手に皺《しわ》が目立つ二人の男は和《なご》んだみたいに微笑《ほほえ》む。

「うちの嫁いでいった娘と同じ歳《とし》とは思えないなぁ」

「懐かしくなるよ。俺《おれ》は孫を見ている気分だ」

彼らは、照れ臭そうに頬《ほお》をかいたり鼻先をこすったりする。

子供達が旅立って随分経《た》つから、懐かしくなってしまうのだろう。徒歩圏内の十代も数える程度だと思い返しながら、エレナはご近所さんの二人に笑い返す。

「二人共、アーニャ村で元気に暮らしているみたいだと聞きましたよ」

「あ、向こうの宿の息子のザビラ君が言いふらしていたんだな？　うちの畑のそばをわざわざ通って言ってくれていたよ」

「そうだったんですね」

「あの父子は、揃って親切を惜しまない人柄だからなぁ」

もう一人の男が、喉《のど》の奥で笑いながら口を挟む。

「エレナちゃんもさ、こんな何もないところから飛び出してみたいと思うだろう？」

「おじさん達のことは気にしないでさ、好きなことをしていいんだよ。うちの村は子供も少ないし、遊び相手もあまりいないだろう」

年頃《としごろ》になると、子供達の半分以上は希望を抱いて町へと飛び出していく。

高等学を学ぶための寮生活、仕事の技術を習得するための出稼ぎ、夢を探して働きながら色々なことを見て回るのが目的だ。

それを、三つの村々の大人《おとな》達は推奨していた。

手を取り合って若い世代を支え、応援し、領主様も後押しして行き来の代金を援助してくれている。

この村を含め、近隣の村の子供達は親の家業を手伝っている。

残っている子供達は例外なく家族を支え、日々変わらず時間だけが過ぎていく。

それを何も変化がないと嫌う若者もいるが、その一方で、長閑《のどか》な生活を好んでこうして残っているエレナみたいな子達もいた。

「おじさん達の話も聞けるし、泊まっていく人達のお話を聞くのも好きよ」

「そ、そうかね」

男達は顔を合わせ、やっぱり照れ臭そうにした。

エレナには、出ていった子供達が平凡だと言った毎日も魅力的に思えた。同じ日なんて、一度だって訪れるものではない、と。

空の色も変わる。季節で空気の匂《にお》いも変わる。

人との会話も交流も、その時限りの貴《とうと》いものだ。欲を言うのなら、知りたがりで好奇心旺盛《おうせい》なので、外の景色《けしき》を知りたいとは思ってしまうけれど。

（でも、今のままで十分だわ）

きっとこれで満足しなければならないと、エレナ自身は思っている。働くために学びに行きたいのではなく、学ぶために外に行きたいだなんて、そんな裕福なぜいたくを両親に望んでしまえない。

「さて、ご両親が畑から帰る前に終わらせよう」

「お父さんとお母さんも、もう少ししたら加勢に戻れると言っていました」

「ははは、それまでにはプロの腕前でちゃちゃっと終わらせておくさ。軽食を楽しみにしてるよ。エレナちゃんも、店番ご苦労さん」

「ううん、急な旅人さんもいなかったから。来てくださって本当にありがとうございます。今日はよろしくお願いします」

エレナの両親は、バベスク村で唯一の宿を経営していた。

かなりの地方なので、旅の者達がたまに移動途中の休憩地点として泊まっていく程度だ。寝るところに困らないよう副業を兼ねて経営しているだけで、村人にとっては有難い臨時の飛び込みの食事処《どころ》だ。

両親の本業は農作だった。住居スペースと併合した宿の建物の裏一帯の畑がそうで、建物のすぐそばには個人用に小さな菜園がいくつかあった。

「エレナちゃん達のところは建物が綺麗《きれい》だから、看板の寿命がピンとこなかったよ」

男達が、二人がかりで古い看板を馬車の荷台に載せた。

慎重に運ばれた倉庫にあったという大きな板は、新たに『宿』と書かれ、わざわざ磨いてくれたのか木材の色も明るかった。

「そうですね、泊まるお客様もいらっしゃるので綺麗にたもつようにはしていて……」

作業用の台を組み立て、男達が店の入り口に新しい看板の設置を始めた。

随分高い位置なので、大丈夫かしらとエレナは心配しつつ見守る。気になって周りをちょろちょろとしてしまっていたら、二人の視線が向いて足を止めた。

「大丈夫だって。エレナちゃんもすることがあるだろう。こっちは安心して任せてくれ。昔からご両親を手伝っていたものなぁ」

「そうそう、看板だけでなく建物だってこんなに綺麗なのも、エレナちゃんが色々と頑張っているおかげなんだろうとは分かってるよ」

「えーと、そんなに苦労はしていないというか……じゃあ、少し行ってきますね」

店番をしている間は正面から離れられなかった。その手の話題に関して避けていたエレナは、色々と話題に出される前にと思って裏手へと回った。

そこには小さな菜園が並び、向こうに広がる大きな畑が見えた。

手をかざし眺めてみると、両親の方は早くも片付け作業に入っている。

「なら、そろそろ夕飯分の食材を摘もうかしら」

仕込みをしておいておけば、両親も助かるだろう。

——それから、いつもの〝清掃活動〟もやっておかないと。

よしと長袖《そで》をまくったエレナは、後ろを確認して彼らがいないことを確認した。建物の壁に伸び始めていた雑草の蔦《つた》を探し、歩み寄って少し背を屈《かが》めて囁《ささや》きかける。

「《お願い、建物には絡みつかないでね》」

植物が〝声〟に反応し、成長するようにぐねぐねと動き始め、建物から離れて土に身を絡ませた。

これは、エレナの特殊な〝得意技〟だった。

建物が雑草などで劣化しないでいるのは、エレナがそうやって見ているからだ。その特殊な事象は、彼女と両親だけが知っている不思議なモノだった。

新しい看板が設置されて二時間後。

宿の客は月に数える程度だったのだが、珍しいことにその日中に新しい宿泊希望者が訪ねてきた。

それは、かなり変わった人だった。

エレナは、思わず玄関先であんぐりと見上げてしまった。訪ねてきたのは、このあたりでは見ないくらい長身の男性で、まずは随分高い位置に頭があることに驚いた。

「エレナ、お客様をじろじろ見ないの」

小さな声で母がたしなめる。

しかし、エレナはまじまじと見続けていた。彼はとても風変わりで、雪みたいな白い前髪が顔の上部分を覆っていて目が見えない。

手櫛《てぐし》で前に引っ張ってきたのか、髪全体がボサッとしている印象だ。

長旅をしてきたのか、ローブを取って腕に抱えた彼のマント付きコートは年季を感じた。旅に慣れたみたいにフル装備なのも、エレナの目には珍しく映った。

「ぼ、僕をずっと見ていますね」

看板が見えたので立ち寄ったのだが空きはあるかと母と父に尋ねていた彼が、ぎぎぎぎと音が鳴りそうな動きでエレナの方に再び顔を向けてきた。

(鼻筋はしゅっと通っている感じだわ)

知的な印象がある。肌は白いし、――エレナはピンときた。

今朝旅立っていった旅団と同じく〝学の専門家〟だろう。そう推測した時、視線の先で男性がぎこちなく片手を胸の前まで上げた。

「や、やぁ、こんにちは……」

声からすると、若いみたいだ。見た目が超絶怪しいので年齢も掴《つか》みにくい。気のいい両親がちょっと引いている光景もエレナは初めてだ。

「こんにちは」

少し遅れて答えつつ、他《ほか》に知れることはないだろうかと思ってじーっと観察する。

気のせいか、男性の頬がもう少し染まった。

(ただの照れ屋さんだったりするのかな?)

彼の整った顎《あご》のラインや唇や鼻を見ていると、前髪で全く見えない上部分が気になってきた。

(どんな目をしているのかしら)

つい、好奇心からエレナが見ようとして動くと、なんだか緊張した様子でまた頬の赤味を増した男性が距離を取ってしまった。

母が、肩を掴みエレナを止めた。

「エレナ、そこまでよ。じろじろ見たら、お客様だって余計に緊張してしまうわ」

好奇心がやや強い自覚があるエレナは、「ごめんなさい」と頭を下げた。まずは料金などの説明をする両親を考え、カウンターのキッチンへぱたぱたと向かう。

「すまないね、うちのエレナは亡き祖母に似て好奇心が強いところがありまして。大変失礼をいたしました」

「いえっ、そんなことは」

父に慌てて答えた男性が、カウンターへと入るエレナをちらちらと見てくる。

確かに緊張させてしまったらしいと感じて、エレナは反省した。

両親が、宿泊客にとっては共同スペースにもなっている一階食堂のテーブル席へ彼を案内する。話し始めてすぐ、二人共温かな雰囲気になっていった。

(お父さんが笑って握手してる……。ということは、不審者ではなかったみたい)

お茶の準備が整ったエレナは、三組分のカップを盆に載せてそちらへ持っていった。まずは客人の前へ置く。

「あ、ありがとうございますっ」

過剰反応なくらいのスピードで礼を言われた。光の具合で毛先の色味が変わる綺麗な白い前髪が、もさっと揺れた感じが動物っぽくて可愛《かわい》い。

挙動不審だけど、好意に対してすぐ感謝できるいい人そうな印象を覚えた。

「どういたしまして」

エレナは警戒心も解けて笑い返した。

カウンターで両手に顎を乗せて、しばし両親達のいる席を眺めていた。リボンで軽く束ねた長い髪が、寄りかかった彼女のスカートの裾《すそ》前で揺れている。

(泊まることになったら、部屋の準備をしなくちゃ)

献立《こんだて》も作る必要がある。ちょうどシーツは洗い立てがあるので良いとして、洗面所や浴室など足りない備品がないかはチェックしないと——。

そんなことを考えていると、両親がすっきりした顔を向けてエレナを呼んだ。

「エレナ。こちらは獣人族の学者さんの、ルキウスさんよ。調べものに来たらしいわ。今日からしばらくウチに泊まるから」

名前はルキウス、二十六歳。獣人族の祖先と言われている神獣や聖獣の伝記にも興味があって学者になった。解明されていない種族の始まりを紐《ひも》解くために古い歴史などを求め、各国各地を忙しく飛び回ってしているのだとか。

博士としての登録証明紋が入った金印を持っていたので、両親もすぐに信頼したようだ。

店の横には、野宿用品なども載った質素な大型馬車が駐《と》められていた。

(獣人族って、王都に多くいる……?)

ルーツになった獣の性質を持ち、子供時代には獣耳などがある。大人になると人族と姿が同じになることでも知られている。

もう一つ有名なのは、彼らが戦闘種族と言われていることだ。

「地方では獣人族にあまり馴染《なじ》みがない。怖がったり、嫌ったりしている者もいる。だから正体を黙っていて欲しいそうだ」

父の話によると、ルキウスは獣人反対派ではないことに安心してしばらく世話になることを決めたらしい。

戦闘系、ということで怖がっている者が多いとはエレナも耳にした。

両親は、若い頃に王都の近くで仕事の修錬を積んだから馴染みがあった。王都の専門機関で魔力測定の再検査を受けに行ったエレナは、実際に見ても人族とあまり違いを感じなかった。

「あたし達は大丈夫だと思っているんだけど、みんな、獣人族をほとんど知らないしね。本人はバレたくないと言っているんだし、エレナの方で学者様を案内してあげ」

「案内は私だけでいいの？　土地の伝承を知りたいのなら、村長様とか年上の方々の方がきっと正確だし――」

「近くで見たら違うと知られる。それが、学者様は嫌らしい」

父が困ったように笑う。

(獣の耳や尻尾《しっぽ》もないのに？)

エレナは、不思議に思ってルキウスの方を見た。彼がパッと視線を離して、テーブルへ顔を向ける。

「そ、その、注目されるのも苦手ですし」

近くで見たその口元からは、大きめの犬歯がちらりと見えた。

（――あ、なるほど。少し獣っぽいかも）

どこか他の人と違うような不思議な感じがしてついつい注視してしまっていたのも、彼が獣人族であるせいだったのかもしれない。

「分かりました。それなら、滞在の間のガイドを務めますね」

エレナは客人に向き直ると、改めて「娘のエレナです」と名乗った。

◆

そういうわけで、風変わりな獣人学者が宿泊することになった。

期限は、彼の言う調査とやらが終わるまで。

それはこれまで泊まっていった遺跡調査や地質調査の学者達と同じだ。希望があればエレナが道案内をしたり、ガイド役をしたりした。

「あの……早速出かけて良かったんですか？　少しお休みされてからでも、私は構わなかったのですが」

エレナは、隣を歩く獣人学者ルキウスをちらりと見上げた。

二階にある大きな窓の宿泊部屋に案内して早々、荷物を置いた彼は、調査道具が入った鞄《かばん》を持って「さぁ行こう」と言ってきたのだ。

「休む前に、近くのものを見ておきたい」

部屋に運んだ荷物も仕分けなかったので、せっかちなのかとも思った。しかしかなり身長がある彼は、ずっとエレナの歩調に合わせてくれてもいた。

「はぁ、そうですか」

学者というのは、研究熱心な人が多いのかもしれない。以前夕刻に到着した学者達も、日が沈むまではまだあるからと、近くまで歩いて『あの洞窟の丘が見えるなぁ！』と目を輝かせて眺めていた。

「かなり前に調べ終えている場所なのに、ご自分の目でも見たいんですね」

ルキウスが見たいと言ったのは、あの時の学者達も見ていた洞窟だ。年に何度か若い学者達も興味本位で観光していく、この土地にある遺跡のうちの一つだった。

「紙の上よりも、実際に行くことで新たな発見というのもよくある」

前を見つめたまま答える彼の前髪が、歩く動きに合わせて鼻先に当たっている。

(日差しにすけて、前髪の隙間《すきま》から瞳の色が見えるような、見えないような……)

目の形が見えたような気がしてじーっと見つめると、バレてしまったようで、彼がぐいぐいと前髪を下げた。

「えと……ずっと見ているけど、僕はそんなに不恰好《ぶかっこう》かな……？」

ルキウスが遠慮がちにエレナを窺《うかが》ってきた。てっきり見た目のことは気にしていないと思っていたから、心配そうに問われて驚いた。

（髪型はアレだけど……旅学者にしては清潔だし衣服も綺麗だし）

彼の服装は、これまで来た学者達より立派だ。

耐久性がありそうなマント付きコートもお洒落《しゃれ》で、よくよく見れば靴まで上質だ。

「いいえ？」

不恰好ではない、という結論に達してエレナが答えた途端、彼がホッとしたような浅い息を吐いた。

頭上を覆う空は、その青に夕刻の色が薄く混じり出していた。

歩く彼の白いもさっとした髪が、弱くなった光の下できらきらと雪みたいに光って見えた。

黙って隣を歩かれるというのも少ない。まだ緊張しているのなら気を解《ほぐ》そうと考え、エレナは訊《き》いてみることにした。

「先程、自分の目で見に行くのは新たな発見もある、とおっしゃっていましたよね。新しい発見をするのが、あなた様のお仕事なのですか？」

一度こちらを見てきたルキウスが、「それは……」と言いながら、ぎこちなくローブの襟《えり》を首元に集めて視線を元に戻していく。

「……学者にとっては有意義な発見で。注目されていない部分に何かあるかもしれないと考えるのは学者の性《さが》で、確認することにも意味がある」

一瞬、温厚そうな彼の声が壁を作るみたいに硬くなったのを感じた。鼻から上の顔が見えないため、感情は掴みにくい。

気のせいでなければ、難しい言い回しで回答をぼかされた気がする。

なんとなく一瞬、『旅が好きではないのかも』と感じた。その横顔は、到着後すぐに宿を飛び出していった学者達と違っている。

と、ルキウスの顔がおずおずとエレナへ戻ってきた。

「ご両親から村公認の若手ガイドだと聞いたんだが、この地の遺跡群と、伝わる話についても知っているのかい？」

「もちろんです。地元発祥の『山犬男』のお話は有名ですし――これから向かう洞窟も、その話に関連性があると言われているところですもの」

名を出した一瞬、彼の肩が強張《こわば》った気がした。

見上げたら、彼が遠慮がちに口に笑みを浮かべてきた。

「この村一帯を本舞台としたその話は、文学研究者の間でも有名だからね」

「そうなんですか。地元のせいか有名すぎるお話の印象もないのですが。あ、そういえば学者様は、そういったお話も集めていらっしゃるんでしたよね。実在していた証拠《しょうこ》を見付けたいと、昔は今以上によく人が来ていたと聞きます」

エレナは、到着までの暇を埋めるように話した。

「ここから見えるあの山には、山犬と人間が混じったような姿をしたモノがいた、という物語があります。それが、あなた様もご存じの『山犬男』のお話です」

ババスク村と、二つの村が隣接する連なった緑の山。こちらから見える高い傾斜面が、物語の舞台だった。

「『山犬男』には、親や兄弟は存在していません。人から生まれたのではなく、山犬が月の光で半人間化したものではないか、と言われています」

「『その姿、獣でもなし、しかし人ではあらず』の一節だね」

「そうです、よく覚えておいでですね」

地元民に大切にされている話を知っていてくれているのは、嬉《うれ》しい。

エレナが頬を上気させて見上げると、ルキウスの前髪の下から見える頬が、薄っすらと赤くなった。

「いやっ、その、僕は文学博士、歴史博士、それから民俗学の博士や諸々《もろもろ》も取得しているから、これくらいは……」

「多才でいらっしゃるんですね」

「えっ、あっ……いや、そういうわけではないと、思う」

慌てふためいた彼が、どうなんだろうなと考え込み口を閉じた。

仕事に関わるところ以外では、お喋《しゃべ》りが得意ではないようだ。エレナは見えてきた一番近い小さな洞窟の影を指し示して話を続けた。

地方の物語として知られているが、実際にあった話だとこの地域の誰《だれ》もが信じている。

山犬男は、山で獣を食い、村の家畜にも被害をたびたび出した。

ある日を境に自我を得て、〝半分人間でいられる夜の間〟に、村の者達に言葉や常識を教わった――とされている。

村人との交流が始まってから、山犬男の運命は急激に変わっていく。

人の暮らしを知り、家畜を襲わなくなる。人と同じ物を食べ、彼は言葉でのコミュニケーションにも次第に不自由がなくなり、手紙まで書けるようになる。

けれどその昔話は、急にあっさり終わってしまう。

「ある日を境に、彼が〝いなくなったから〟だろう？」

ルキウスの言う通りだった。

夜の間は人間みたいに村人達と語り、笑い合ったという山犬男。彼がどうなったのか、明確には書き残されてはいない。

「そうです。『彼はいなくなった』という言葉で、物語は締められます。謎《なぞ》ではありますよね」

「そうかな。僕はそうは思わない」

あまりにも確信があるような声で言われて、エレナは驚く。

「たとえば彼が山犬男と呼ばれたのは、その姿が奇異だったのがきっかけなら？　突然現れた原因が〝変身〟で、なんらかの方法で解決し、その獣の外見を失ったんだとすれば、いなくなったと書かれてもおかしくない」

「変身？　つまり、人から獣に姿が変わったと……？」

「そう説いている学者も多い。『山犬男』は、そもそも国内では【変身物語】シリーズに分類されているんだ。変身の伝承説があるタイプのものは、総じてそう呼ばれている」

高い背を少し屈めた彼の声は優しくて、見える口元はにこやかだった。

人が苦手なのかとも思ったけれど、教え慣れている感じの温かさをエレナは感じた。

「そうだったんですね。でも人から獣に、だなんて珍しい話に感じます」

「地域の伝承だと時々ある。外国にも似たような話があって、面白いことにここからずっと遠い国にも類似《るいじ》した物語が……『狼男《おおかみ》』と言うんだけど……」

ルキウスが急に自信でもしぼんでいったみたいに、またしてもよそよそしく視線をそらしていって話はしまいになった。

エレナは、彼の語りが面白かったので少し残念に思う。

（元は人間説、というが村人に好まれていないことを考えてのことかも）

向こうに目的の洞窟の入り口が見える。そちらに集中したい思いもあるのかもしれないと気を取り直した。

「……少し、いいかな？」

遠慮がちに視線を戻され、エレナはにこやかに応《こた》える。

「はい、なんでしょう？」

「ずっと気になっていたんだが、その……君は魔力持ちのようだけれど、かなり量が多いのか、強いのかも分からない、不思議な感じがあるというか」

エレナは新芽色の目を丸くする。初対面で魔力持ちだと気付かれたのは、初めてだ。

「よく、お分かりになりましたね」

「あっ、いや、気味悪く思わせたのならすまないっ」

彼が焦ったように言った。

「獣人族はそれぞれルーツになった獣が違っているんだが、僕は古代種で、その、聖獣種に近い存在だから少々敏感で分かるというかっ」

つまりは魔力を感じ取れるタイプの獣人族、であるらしい。色々とあるようだと思ったエレナは、彼が『不思議な感じ』と言ったことを考える。

「……もしかしたら、私の特技みたいなものに関係があるのかもしれませんね」

「君は生産師の素質があるのか？」

「いいえ、王都で魔力測定の再検査を受けましたがゼロでした。でも少し不思議なことがあって……村の人達は知らないので、ここだけの話にしてもらえますか？」

エレナが上目遣いで頼むと、ルキウスが慌てて頷《うなず》く。

「もちろんだっ。僕も獣人族であるのを黙ってもらっている身だから」

「実は、思いを込めて声を発すると植物が反応するんです」

「声……それは、たとえば歌でも構わない？」

「はい。歌を歌っている時に考え事をして、動かしてしまったことはあります」

大きく元気に育って欲しいと願いを込めれば、作物は一本も無駄にならず順調に育った。雑草も、協力してくれるみたいに建物や小屋から離すことができる。

「とすると、成長を早めたりするわけではないのか」

「そんな奇跡みたいなことは起こりませんね。ただ反応するだけですから、私も両親も『なんの意味がある魔力作用なんだろう？』と首を傾《かし》げているんです。たぶん、実際に見てみる方が分かりやすいと思います」

目的の洞窟がすぐそこに見えてきた。ちょうどいいと思って向かうと、洞窟の穴は少し来ない間に植物が好き放題に生《は》えて絡み合っていた。

「《入りたいの。道を開けて》」

エレナが声をかけると、植物が反応してゆっくりと通路を開いた。

ルキウスが、どいた植物をまじまじと観察した。

「これは――すごいな。とても不思議な現象だ。見たことがない」

「でも王都に行っても、専門機関での魔力測定ではとくに何も出なかったんです」

この国では、原料生産師、といった保有魔力を使える人族は重宝されている。

素質があることが確認されると、国の全面協力のもと、生産師、加工師、治療師といった魔力の作用に向いた専門教育を受けられる。

魔力持ちの人族は、たったの一部。使えるとなると、さらに確率は激減する。大勢の人に役立てる職だと、地方では憧《あこが》れる子達もかなり多かった。

エレナは再検査を王都で受けさせられたが、判定は『素質はなし』だった。

「王都からの結果を持って帰ってきてあとに発覚したものですから、私も両親もずっと謎に思ってたんです」

「人族の魔力作用も様々で、現在も謎が多いというからね。不思議な反応や作用を引き起こす場合もいくらかあるとは聞くよ。村の人達に話しても問題ないと思うけど」

興味深そうに植物をつついていたルキウスが、こちらに顔を向けてきた。気遣われていることが分かって、エレナは苦笑する。

「気味悪がられることは恐れていないんです。意味があるのかも分からない現象だから、説明するより黙っていようかってことになったんです」

「記憶力や学習力といった才能面に魔力が活《い》かされれば、実用性もあって良かったんですけど」

「ああ、なるほど」

魔力を使えない人族は才能面へ影響が出るというが、エレナはそれもなかった。よく両親とそんなことも話したものだ。

すると、隣から「ぷっ」と声が聞こえた。

「君は、面白いな。何か記憶力を活かしたいことでもあったのか？」

見上げてみると、ルキウスが顔を少し横にそらして小さく笑っていた。

（あっ、初めて笑ったわ……）

おかしそうに肩を揺らしている彼は、一気に親しみやすくなる。しかし見つめられているのに気付いた彼が、ハッとしてそそくさと洞窟の中へ進んだ。

洞窟の中は、大人が二人並んでも余裕がある通路だった。

通路は短く、すぐに行き止まりの円形状のスペースへ出た。壁には大昔に描かれたいくつかの絵と、この地で昔使われていたとされる古代エンビッデ文字が彫《ほ》られている。

「『やま・おおかみ・おとこ』か」

エンビッデ文字を目で辿《たど》り、ルキウスが考察するように呟《つぶや》く。

さすがは学者だ、彼もまた調査に来た専門家と同じくこの地の古代文字が読解できるらしい。

「山から降りてきたという彼を、教えたという内容が書かれているな」

「はい。実在していた証拠の一つだとされています」

ルキウスは壁画と文字を探し、確認していった。

とても集中しているようだったので、時間ギリギリまで待つことにした。けれど日差しの弱さがあまり増さないうちに、彼が背を起こした。

「何か新しい発見はありましたか？」

「いや……資料にあった通りだ。自分の目で見られて嬉しいよ」

彼が申し分程度の微笑みを返してきた。

(気のせいかしら。実際に見られて嬉しいようには見えないわ)

これまで来た学者達と違って、彼に観光的な喜びはないように思われた。やはり発見を探すことが彼の仕事なのだろうか。

「別の遺跡もありますから、明日ご案内しますよ」

咄嗟《とっさ》にそう言って励ました。せっかく王都から随分遠いこの地まで来てくれたのだから、物悲しそうな顔をさせたくない。

「できる限りつきっきりで案内しますし、私も頑張りますね」

元気を出して欲しくて笑顔を向けると、ルキウスがややあって照れ臭くなったみたいにパッと視線を逃がした。

「そう、だな。うん、明日も案内してくれると助かるよ」

二人で出口へ向けて歩いた。

外に出てみると、すっかり明るい夕焼け空だった。

「今日は到着早々に見ておきたいなんて言って、すまなかった。その、君のご両親を心配させてしまったら大変だからもう宿に戻るよ。……明日、楽しみにしてる」

肩をすぼめてルキウスが言った。とても高い位置にある彼の白い髪の下から覗《のぞ》く顔が、赤く見えたのは夕日のせいだろう。

シャイらしい獣人学者は、帰りの道のりもお喋りを楽しむということはしなかった。

◆

それからというもの、ルキウスの現地調査のガイドの日々が始まった。

彼はマメな性格のようで、翌日までには移動時間を含めて回る箇所を考え、エレナに「今日はここへ」と教えた。

それは、ガイド役として娘を連れ出すことを、両親へ安心させる意味合いもあったようだ。

彼は律儀《りちぎ》にも目的地を書いた予定表を、毎朝エレナの両親にも渡した。

「畑の方は大丈夫よ。学者様をしっかり案内してあげ」

秋の季節は、日暮れも早まる。両親達とも話し、午後四時までと時間を決めてエレナはルキウスと毎日外を歩いた。

近くであれば目立たないよう徒歩。距離がある時は、彼が乗ってきた大型馬車をルキウスが走らせた。

バベスク村はだだっ広い。距離が距離なだけに、日中内で行ける場所や数は限られた。

『山犬男』のメイン舞台でもあるバベスクが、エヴァンジ地区で面積がもっとも広いことでも知られる遺跡群地でもあったからだ。

物語に登場する山は、行って戻ってくるだけで一日を終えてしまった。

そこには案内版があって、山犬男が風のように走っていったとされる傾斜も、観光用にロープで示されていた。

エレナはそこを一緒に登り、小屋の跡地とされる場所も見た。

「植物がずっと生えないでいる場所なんです」

ルキウスは調査隊と同じく、土を触っていた。同じ目線になったら何か発見があるのかしらと思い、好奇心から隣にしゃがみ込んだら、彼が返事を一回噛《か》んだ。

「そっ、うか……」

そう答え、彼がぎこちなく立ち上がってしまった。

ルキウスは人見知りでもあるのか、一階の食堂で顔を合わせれば驚かれ、一緒にいると挙動不審にもなった。調査が済めば「部屋で書きまとめてくる」と言って、そそくさと部屋に引き上げてしまう。

彼が来て五日目、本日も午後四時ぴったりに戻り同じ流れになった。

店の前を掃き掃除しながら、エレナは溜息《ためいき》を吐《つ》いた。

「……もっとお喋りしたいのにな」

緊張を解そうと思って話しかけているのだが、いまだよそよそしい。彼が話してくれる小難しい解説や、温かな雰囲気も楽しく思っていた。

(私の知らないこと、もっと話してくれたら嬉しいのになぁ。どうしてかしら、何をしているのか何を考えているのかも気になっちゃうのよね)

食事前に読んでいる本の話だって、したくてうずうずしている。

こんなにも個人的に仲良くなりたいと思った学者様も初めてだった。物知りなのにひけらかしてこず、エレナの話によく耳を傾けてくれる。

(それがお兄ちゃんぽくて……？)

そんなことを思った時、通りから幼馴染《おさななじみ》の声が飛んできた。

「エレナは変な話とかも好きなくらい、好奇心が強いものな」

目を向けてみると、ロバにまたがって小さな荷車を引く少年の姿があった。

幼馴染のオズだ。一番の近所だが徒歩で数十分の距離があり、ロバ乗りを父に認められてからこうして一人で牛乳配達を任されていた。

「ほら、これお前んちの分」

「ありがとう」

「持てるか？　裏の水路まで運んでやろうか？」

「平気よ。私、あなたより年上の十七歳なんだから」

エレナは、三人も妹がいる彼の優しさを思ってにこにこした。ロバから降りたオズも得意げに笑い返し、荷台から牛乳容器を引っ張り出す。

「ところで、私が『変な話が好き』ってどういうこと？」

彼から牛乳容器を受け取り、いったん足元に置いて尋ねた。

「ほら、婆ちゃん達が言ってる山犬男とか、だから夜は散歩しちゃだめー、とか」

「変な話じゃないわ。お婆ちゃん達のお話は面白いじゃない」

「それを面白いって言うのは、エレナくらいだってみんな言ってる。俺、立ち寄った人にガイドするとか絶対無理。山犬男の話とかも、ふんわりとしか頭に入ってないもん」

荷台の牛乳を整理し終えたオズが、ロバの頭をよしよしと撫《な》でつつ考えた。

「それにさ、俺は牛乳の美味《おい》しい加工方法のことを考える方が面白い」

「まぁ、オズったら」

家業が好きなのはいいことだが、知恵がついてから新商品開発に夢中なのは、どうなのか。

オズが「親御さんにもよろしく言っといて」と告げ、早々にロバにまたがった。

「ところでさ、最近泊まってるその学者様だっけ？　エレナと単に話したくないだけかもよ。中には仕事の話意外したくないっていうタイプもいるじゃん」

宿泊して五日、遠目から窺っている村人達は、ルキウスが気難しくて緊張するタイプの調査学者だと認識している。

彼が村人達との交流を避けているのは、獣人族であることを意識してだ。

エレナは、彼がここで気楽に話せる友人のようになれればいいなと思っていた。

（一緒に歩いている時、彼の口元は心なしか楽しげだったから、話すことは嫌いじゃないと思っていたんだけど……）

オズの言う通り、会話を嫌うタイプの学者だったら大変だ。

「もしかしたら、私と話すのが嫌だったりするのかな。初っ端に緊張させてしまったし……どう思う？」

「俺に質問されてもなぁ。向こうから話しかけてこないんなら、そうなんじゃゃね？」

オズは深く考えずに言った。

その時、上から小さな物音がした。見上げてみると二階の窓にルキウスの顔が見えて、彼が慌ててカーテンを閉めた。

宿泊客が続くこともあまりないので、一番景観がいい部屋を提供していた。

机仕事の休憩で、このバベスク村の風景を眺めていたのだろう。

（もしオズに気付いて見ていたとしたのなら――小さな男の子だしちょっと話しかけてみたかったのかも？　とすると、やっぱり人見知りなだけ？）

どちらなのか迷った。

確認するためにも、話しかけてみる方がいいと思えた。

頭の片隅に『もし会話嫌いのタイプの学者様だったら』というオズの推測があって、エレナはすぐ行動を起こせるか不安だった。

意外にも、悩む必要はすぐなくなった。

その日から湯浴みや食事の予定より少し早く部屋を出てきて、ルキウスの方から声をかけてくるようになったのだ。

その翌日には、休憩でも部屋から出てくるようになってびっくりした。

「そ、その、コーヒーをもらえるかな」

「はい、少しお待ちくださいね」

会話が嫌いではなさそうで安心した。普段村人が出入りすることがないと分かって、建物内では安心して過ごすことにしたのだとか。

ルキウスは休憩で部屋から出てくる時も、本を持ってきていた。

本日の遺跡調査を終えたあとも、予定されている夕食より一刻前に一階に降りてきて、片手でコーヒーを飲みながら本のページを黙々とめくっていた。

(読書が好きみたい。前髪、邪魔じゃないかしら?)

エレナは、カウンターから静かに彼を眺めていた。調理を進めながら、母が気付いて声を投げてくる。

「こういう時は、いつも学者様に話しかけに行くのにいいの?」

彼が部屋から出てくるようになった昨日も、結局は料理を運ぶまでこうやって座っていたのを見ていたからだろう。

「え、と。読書の邪魔になったら、迷惑かなぁって」

「エレナがそう気にするのも珍しいわね。話を聞くのが好きなんでしょう?」

「だってオズが……ううん、なんでもない」

彼が『エレナと話したくないだけじゃないのか』と言ってきたことが、じわじわと躊躇《ためら》いを生んで胸に引っかかっていた。

「私っ、ちょっと倉庫の整理を手伝ってくる!」

料理待ちの間にと思って、エレナは作業道具を片付けている父の方へ向かった。その様子をルキウスが窺っていたのには気付かなかった。

ちょうど料理が仕上がったタイミングで父と戻った。

料理の皿をルキウスの席へと運んだ。母達を先に休ませて食事が終わるのを待ち、食器類を下げつつ紅茶かコーヒーどちらか希望を訊く。

片付けが終わった後に、ポットにお代わり分も作って持っていった。

「それじゃあ、私はこれで――」

「待ってっ」

コーヒーを出して去ろうとしたら、腕を掴まれて驚いた。

「僕は迷惑だなんて全然思っていないっ。そもそも僕が君と話したくないなんてそんなの言いがかり……ではなくて、食事の前に本を読んでいる僕をずっと見ていたから、声をかけたかったのかなと思って」

話しかけていいのかどうか、迷っていたのを見抜かれていたらしい。

エレナは『悪く思っていない』という言葉にホッとした。

「実は声をかけていいものかと悩んでいました……。あなた様の邪魔にならないのなら、色々とお話を聞かせてくれると嬉しいです」

「僕は構わないよ、もし時間があるのなら少しそこに座って一緒に休憩でも――あ、それから『あなた様』という言い方も換えてくれると有難い」

博士は偉い人だ。でも名前を呼んでくれてもいいという言い方は、友人のように親しくしたい表れのように思えた。

「分かりました。じゃあ、ルキウスさんと呼びますね」

エレナは嬉しくて笑った。

前髪で顔の半分は見えなかったけれど、案外分かりやすいくらい表情は豊かなのか、ルキウスの口元はほころんでいた。

自分用に紅茶を淹《い》れて同席した。読書が好きなのか早速尋ねてみると、昔から好きなのだとルキウスは言った。調べ物関係の本が多いが、今読んでいるのは物語なのだとか。

「私でも分かる学術書などはありますか？」

「君は物語以外も読むのか？」

「はい。難しくて少し分かりづらいのですが、時々宿に置いていってくださる論文誌も読んでいます。その……新しいことを知るのが好きなんです」

恥ずかしいながらも打ち明けると、ルキウスが少し笑った。

「とてもいいことだと思うよ。僕が新しい号を持っているから、持ってこよう」

「ありがとうございますっ」

その日から話すことが増えた。エレナは生物や物理の仕組みを新しく理解できたのも嬉しかったし、ルキウスも共通した話題から打ち解けてくれたようだ。

彼は両親とも話すようになり、相談して宿が閉められたあとの食堂の大きなテーブル席を借り、夜遅くまで本や資料と睨《にら》めっこしている姿も見られるようになった。

両親は快く場を提供し、秋の夜は冷えるからとスープも作った。

「エレナは私達よりも遅くまで起きていますから、好きに使ってコーヒーでもなんでも飲んでくださいね。あなたと話すのが好きみたいですので」

「お母さんっ」

好き、がなんだか恥ずかしく思って言い返したものの、父まで「読書の話に華も咲いて良かったじゃないか」と言う始末だ。

「有難いです……」

そう答えたルキウスは、なぜか恥ずかしがり小声だった。

彼は『山犬男』の関連場所だけでなく、遺跡群と呼ばれたバベスク村の歴史的な場所も回った。年代が近い場合は繋《つな》がりがあっても不思議ではないという。

新しい発見やら仕事の熱心さはいいのだが、食堂には連日夜遅くまで灯《あか》りがついていてエレナは心配になった。

(今日もまだ起きているのかしら……?)

就寝時間をかなり過ぎた頃、読書を終えてそろりと私室を出た。

住居側から共有スペースの食堂へ降りてみると、まだルキウスはいた。彼は足音で気付いたのか、手を止めてこちらを見ていた。

「こんな遅い時間にどうした？　何か、怖い夢でも？」

湯浴みを終えてシャツ姿の彼は、相変わらず髪で目の部分が見えない。心配しているのはエレナの方なのに、彼の方が余程心配しているようだった。

たぶん、子供扱いされているのだろう。

ガウンを羽織ったエレナは、十七歳なのに余計華奢《きゃしゃ》さが目立つことを推測してむっとする。

「読書をしていたんです。気付いたら時間が経っていただけです」

きちんと答えながら歩み寄った。長い髪をリボンで結んであったので、就寝最中ではなかったと察したのか、彼が安心したような息を細く吐いた。

「そうか。夢見が悪くなかったのなら、良かった」

「ルキウスさんは調査のまとめですか？」

「いや、これは……別の仕事の分だよ。提出しなくちゃならない論文があって」

調査中なのに、そういった別件の仕事もこなさなければならないらしい。

「調査中なのに、別でもご依頼があるなんて大変ですね」

「まぁ、色々と博士を取っていると協力依頼が来るのはよくあることだから。ここを出るまでには、細々としたものは終わらせておきたくて」

（そっか。ここを全部見たら出ていってしまうんだったわ）

馬車旅は、長距離となると車内での寝泊まりもあるだろう。邪魔できないと思ったエレナは、今自分が彼にできることは何かないだろうかと考えた。

「あ。ちょうどココアを飲んで、温まってから寝ようと思っていたんです。ルキウスさんも一緒にいかがですか？」

気になって見に来たわけではない理由にもいいと思えた。

「それは有難い。ぜひ」

提案した瞬間、ルキウスがパッと顔を上げて答えた。見えている顔の下が活《い》きいきとして、耳と尻尾の生えたワンコみたいに見えた。

「……あの、もしかしてココア、お好きなんですか？」

コーヒーよりも、と小さな声で続けた。図星だったのか、彼が動揺したように忙《せわ》しなく視線を泳がした。

「……その、僕は甘いものが好きで、ココアもよく旅に常備するんだ」

「まぁ、言ってくださったら日頃から出しましたのに」

エレナは、とくに肌寒い時期からはコーヒーや紅茶よりココアを飲む。それを見越して客用にも父が多めに入荷してくれていた。

「二十六歳の男なのに、よくは思われないだろうなと……。たとえば小腹が空《す》いて、軽食かケーキかと言われたら、ケーキの方が魅力的だと思ってしまう」

「悪いことじゃないですよ。私もココアもケーキも大好きです」

「でも僕は男で、その……君は、とても似合いそうだから……」

ルキウスが口元を大きな手で覆ってしまって、後半がよく聞こえなかった。

エレナは、好きなら早速淹れてあげようと思ってカウンターの内側へ向かった。手早く材料を準備し、鍋《なべ》に火をかけ二人分の分量を入れてかき混ぜる。

「ココアのいい香りがする」

カップを二つ盆に載せてテーブル席へと運ぶと、ルキウスが鼻をすんっと上げて表情をほころばせた。

ちょっとだけ獣っぽい仕草かもしれない、とエレナはそんなことを考えてしまう。

「はい、どうぞ。舌を火傷《やけど》しないように気を付けてくださいね」

「僕は猫舌の種族じゃないから、大丈夫だよ。ありがとう」

猫タイプの獣人族は、猫舌であるようだ。

また新しい発見をしたと思いながら、ルキウスが引いてくれた椅子《いす》にちょこんと腰かける。

カップを両手で持ち上げ、息を吹きかけてコクリと少し飲んだ。

「……ン、美味しい」

ほっこりしてエレナは微笑む。カップを持ったままぼうっとしていた彼の方から、ぽつりと聞こえた。

「可愛い……」

「え？　なんですか？」

よく聞こえなかったので尋ねると、彼が焦ったように首をぶんぶん横に振った。

「ぼ、僕は今何か言ったかなっ？　いや、たぶん言った気がするけどっ、とにかく気にしないで欲しい！」

彼がこんなに大きな声を出すのも珍しい。

必死に言われてしまったので、エレナは気にしないことにした。

しばらく、二人で甘いココアで温まっていた。秋のバベスク村の夜は、気温がぐっと下がって室内の空気もやや肌寒い。

「それを飲んだら、君はもう寝るんだよ。あまり夜更かしするのは身体《からだ》に悪い」

大人の特権みたいな台詞《セリフ》に思えて、ちょっとずるいなとか思ってしまう。

とはいえ、本を読めない程度には眠気がやってきている。

素直に「はい」と頷いておいたエレナは、ココアを少しずつ飲みながら論文資料を眺めている彼を見つめていた。

「ルキウスさん、お会いした日に少し気になったことがあったんです」

声をかけると、彼が「ん？」と優しく言って顔を上げる。

「気のせいかもしれないのですが、少しだけ、旅が好きではない印象を受けて」

「それは……」

彼が、不意でも突かれたみたいに言葉を詰まらせた。

エレナは、込み入ったことだったのかもしれないと思って質問したことを後悔した。それに気付いたのか、ルキウスが取り繕うように口元に笑みを作った。

「旅は嫌いじゃないよ。自分が見たことがなかったものを目にできて、知らない土地の空気に触れられるのも新鮮だ。でも……」

徐々に声が小さくなった彼が、視線を落とす。

旅自体は彼にとって好ましくある。嫌ってもいない――でも今の状況は、彼にとって幸せではないようだとエレナは感じた。

「随分旅ばかりなのですか？」

「そう、だね。実家がある王都にはなかなかいることも少なくて……。僕は王都が好きだ、僕にとっては故郷だから。兄もいる王都でいつか学者として腰を据えて活動できれば、と思っているけど」

視線を返してきたルキウスが、申し訳程度に口角を小さく引き上げた。

まるで、叶《かな》わないことを語っているみたいだった。学者は、そんなに一つの場所にいられないものなのだろうか？

(二十六歳というのは学者様だとまだ若手だから、色々と調査に駆り出されている……？)

エレナは、彼の調べ物が一段落つけばいいのにと願った。

◆

翌日も、彼を道案内するため外出した。

彼は獣人族であるのを知られたくないとのことで、エレナは日々できる限り村人を避ける方向で案内している。

かなりの田舎《いなか》なので、だだっ広い土地は見渡す範囲に数軒家屋がある程度だ。

朝の行動を一時間ずらすだけで、誰もが午前中の仕事などに入って道を歩く人はない。

パッと見るだけだと獣人族と分からないように思えたが、以前歩いていた際に、彼が話すのも避けたい理由を知った。

『話すと獣歯が見えるから。僕は他の獣人族より大きめで……口を小さく開いても見えてしまうから』

少し目立つ犬歯だと思っていたが、獣歯と言われる獣人族の特徴であったようだ。

それもあって、口を隠すみたいにもごもこ喋るのも多いのかもしれない。

「おーいエレナ、これから観光案内ーっ？」

その時、広い畑の向こうの道沿いからそう聞こえてきて、初めて村人と遭遇したルキウスがビクッと身を固くした。

視線を向けてみると、荷馬車の御者席から一つ年下のザビラが手を振っていた。彼の隣には、隣村で宿と牧場経営をしているバンベックがいる。

「エレナちゃん、また学者様の案内かね？」

「ええ、そうよ。おじさん達は飼育餌《えさ》の仕入れ？」

畑の向こうにある通りに聞こえるよう、エレナも声を張った。

「鶏《にわとり》の分もついでにね。また自治会で会おう」

「オレも村で、宿泊客の一泊二日の観光案内の予定なんだぜ！」

「あら、それはいいわね。頑張ってね！」

エレナは、笑顔で手を振って彼らを見送った。

「……仲が、とてもいいみたいだけれど」

彼らの馬車が離れていくのを見たルキウスが、おずおずと尋ねてきた。

「幼馴染ですから。三つの村は、一つの大きな村みたいになっているんですよ」

再び彼と歩き出しながら、エレナは教えた。

「人口が少ないので、仲良く協力しながら暮らしているんです。学校は一箇所で、子供達はみんな同じところに通います。集会は三村合同で、祭りも全てそうなんですよ」

年に何度か、学び舎《や》の期間が設けられる。

その時には三つの村の大人達が一丸となって協力し、二時間ほど集会所で待ちながら話し合いをし子供を連れて家に帰るのだ。

「とすると、その時期は大人達にとって会議期間みたいなものなんだな」

「はい。不作の年には協力体制も早く敷けますし、病気や怪我《けが》の場合は、みんなで代わりばんこに助っ人に入ったりします」

「そうか。そ、それで、さっきの彼は……」

「隣村で同じく宿を経営しているので、家族で付き合いがあるんですよ。あっ、ルキウスさんこっちですよ。向こうにあるのが目的地です」

エレナが手を握って次の道へ導くと、彼がぴたりと静かになって「うん」と素直に頷いてついてきた。

視界に広がるのは、緑の平原と敷かれた古い一本道だ。青空がどこまでも続く。

《馬車が踏んでしまうから、道から離れて》

エレナが歌うように囁くと、道に出ていた雑草が左右の緑へ身を寄せた。

これで、午後にここを通るご近所さんの馬車も安全に走れるだろう。いつもより胸が弾むのは、今日は一人ではなくルキウスの手を引いているからか。

「……もっと話せば、君は気軽に手を握ってくれるようになるんだろうか」

ぽそりと囁かれた声を聞いて、エレナはハッと肩越しに振り返った。

「ごめんなさい、迷惑でした？」

「え？　いや、迷惑だなんて思わないけど。どうしてそう思うの？」

「ルキウスさんは大人ですし、手を引くのは不要だったかなって……」

気付くのに遅れたことを申し訳なく思っていると、繋いだ手をそのままに、ルキウスが隣に並んで窺ってきた。

「大人だってするよ」

「えっ？　そうなんですか？」

「都会でも僕が男性で、君が女性なら変じゃないというか……じゃなくて、そうっ、道が悪いと危ないし迷子にもならないからっ」

急に頬が赤らんできた彼が、これだと言わんばかりに顔を上げた。

（……やっぱり私って、彼と比べると小さすぎて子供と同じ扱いなんだわ）

エレナは、見上げている彼を前にショックを覚えた。

隣に並んだ彼が手を放さないのも、子供に対しての保護意識が働いていて『淑女と手を握っている』という意識がないせいか。

（でも……確かに大きな彼の手の握り心地は大人と子供みたいね）

握った手を試しに振ってみたら、一瞬だけ緊張したルキウスがすぐに動きを合わせてエレナの自由にさせてくれた。

「繋いだままでもいいですか？」

「もっ、もちろん。君がいいのならっ」

「ふふっ、なんだか楽しいです」

移動の楽しみが増えたように感じて、エレナは歩みに合わせて手を大きく振る。

「そっ、れは良かった」

正面へと顔を戻したルキウスは、残った手で顔の下を覆っていた。白い前髪の下から覗く顔だけでなく、手も若干火照《ほて》っていた。

目的地に着くまでずっと握っていた。

少し距離があったものの、話しながら歩く時間はエレナにはあっという間にも感じた。

「ここが『山犬男』が掘ったとされる穴蔵です」

下に続く通路の穴の出入り口にあった雑草をどけると、早速ルキウスが背を屈めて中へと足を踏み入れる。

「ルキウスさん、とても土が柔らかいので傾斜には気を付けてくださいね」

「大丈夫だ。慣れているからね」

言いながら、彼が着実に進んでいく。

確かに慣れているようだ。エレナは壁に手をつきながら、湿気が多い傾斜を慎重に一歩ずつ下りた。

「しばらく彼が出入りして、子供達に初めて字を習うことになった場所、か……」

「物語にもある舞台で、子供達が一緒に描いた彼の姿が残されているんです」

下まで降りると、数人が入れる空間が広がっていた。しかし大人の男性の背丈分はなく、ルキウスは若干屈まなければならなかった。

「山犬男が前屈みだったというのは、こういうところからも来ているんだろうな」

ルキウスが、周囲の様子を確認しながら思案を口にした。

日差しが半分しか入らない空間の周囲には、小さな絵がいくつかあった。

獣の頭に、かなり曲がった猫背をした二足歩行の姿。細い胴続きには尻尾があるが、二足歩行の手の部分は、指が五本あるようにも見えた。

「ここは『人の手』か。三日前までに見たところと同じだ」

「不思議ですよね。獣の手だったり、胴体だけが人に近かったりと様々で、残されたどの絵が正解に近いのかは分かっていないですから」

「いや、どれも〝正しい描写〟なのかもしれないよ」

下の方もじっくりと確認しながら、ルキウスが言った。

「絵の手の部分に関しても、〝昼と夜で手の形も変わったから〟という説もある」

「もしかして、姿が変わったというあの話ですか……?」

エレナは、以前彼が口にしていた『変身物語』という言葉を思い出した。

「日中には自我がなく獣として狩りをした彼が、夜に字を習う時に支障がなかった点からすると〝夜は人の手だった〟という説には賛成かな」

「まるで本当に『変身』ですね……だから元は人間だという説も強いんですか？」

「人が獣へと変わった。全てを忘れて獣として彼は山を伝ってこの地に辿り着き、再び人間性を取り戻しながら、最後は人間に戻った。僕はそうであって欲しいと思……っそう考察している文学博士も多いよ」

彼が急によそよそしく言葉を切った。

しばらく集中して壁を観察していたルキウスが、やがていつもみたいに肩を落とした。

「ここには何もなさそうだ。次のところに行ってみよう」

やはり、新しい発見がないか確認してこいと依頼されたのか。それが長い間彼を転々と出張させている理由だとしたら、可哀《かわい》そうだ。

「じゃあ次は、サンジェの丘を目指しましょうっ。少し距離はありますが、私も早歩きで頑張りますしっ」

少しでも協力しなければと意気込み、エレナは戻るべく傾斜を登る。

ルキウスが、気付いて心配そうに止めた。

「エレナ、気を付けないと足元が危な――」

咄嗟の一声だったようだが、初めて名を呼ばれてびっくりした。あまりにも自然だったというか、呼び慣れている感じがして胸がはねた。

「あっ」

その拍子に、柔らかな土に足が滑った。

身体がそのまま後ろへ傾く。次の瞬間には浮遊感に包まれていた。

「エレナ！」

いつもは穏やかな人が、大きく口を開いて叫ぶような声がして——斜面から投げ出されたエレナは、狭い中で身を差し出したルキウスの身体に落ちた。

小さく呻《うめ》いた彼と一緒に、洞窟の中に倒れ込む。

湿った土が舞う匂いがした。それから清潔な香りがエレナの鼻先をかすめ、地面とは違う柔らかな感触がした。

ルキウスが庇《かば》って、下敷きになってくれたのだ。

「ご、ごめんなさい！」

下に倒れている彼を慌てて見下ろしたエレナは、ハタと新芽色の目を見開いた。

仰向けに転がったルキウスの前髪が乱れて、細められた目が見えた。

(なんて、美しいのかしら)

そこにあったのは、優しい輝きを放つ美しいブルーサファイアの瞳だった。まるで野生の狼のような〝獣みたいな瞳〟をしていた。

「だから、目を隠していたんですね」

呆《ほう》けて呟いた。それでいて初めて見た彼の顔は、その美しい目に相応《ふさわ》しいほど見目麗しかったのだ。

ハッと気付いたルキウスが、何を思ったのか咄嗟に自分の顔の前に手を上げた。

「す、すまないっ。獣歯だけならどうにかなるけど、目だけは人族とは違いすぎるから……怪我はない？」

早口で詫《わ》びた彼が、しかし気になったのかすぐ指の隙間から見つめ返してくる。

「ええ、私は無事です。ありがとうございます」

のしかかったまま、エレナは興味津々《きょうみしんしん》と彼の顔を覗き込んだ。端整な目鼻立ちは、隠しているのがもったいないくらいにハンサムだった。

目元は想像通り優しい。澄んだ瞳の色を見れば、彼の性格が真っすぐなことも分かる。

ルキウスが、じわじわと顔を赤くして身じろぎした。

「や、柔らかい……あっ、いや、その、女性があまり上に乗り続けるものではなくて」

「どうして目を隠すんですか？」

「えっ。それは、その、僕らの目は『獣目』と言われていて、人族の目と違って見るからに獣の瞳をしているからで……」

ルキウスが手で隠そうとしながら、大忙しでそう言ってきた。

「……も、申し訳ない。君も、きっと怖いよね。今すぐ隠すからどいて欲しい」

「そんなことありません。とっても綺麗です」

エレナは、前髪を下ろそうとした彼の手を止めた。かなり動揺したのか、ルキウスがビクッとして動かなくなる。

彼の前髪を両手で上に撫でつける。よく見えるようになった獣目は美しい。

獣人族の瞳を、こんなに近くで見たのは初めてだ。彼女は無垢《むく》に瞳を輝かせた。

「はい。ルキウスさんの目は、宝石みたいにきらきらしていて綺麗です」

獣目だという彼の美しい瞳を、一心に覗き込んだ。

目を見開いたルキウスが、近くにあるエレナの顔にみるみる頬を染めた。

「そ、そうか。僕にも一つくらい君に魅力的だと思われるところがあって……その、良かった」

驚きすぎているのか、彼の台詞が妙でおかしくなった。顔がよく見えるようになったルキウスは、目の下まで真っ赤だ。

「ルキウスさん、前髪を上げていればいいのに。きっとみんな気にしないですよ、綺麗ですもの」

「し、しかし。僕の場合、遠くからでも少々獣目が目立つというか――」

「顔も素敵なのに、隠すのはもったいないですよ」

「それは本当かっ？」

突然ルキウスが上体を起こし、エレナは「きゃっ」と悲鳴を上げた。

ひっくり返りそうになった彼女の背を、彼が慌てて手で支える。

「す、すまない。驚いてしまって。君は……いいと思うのか？　僕の獣目だけでなく……その、顔とか」

深呼吸をしながら、彼が真剣に訊いてくる。

目鼻立ちが整っている自覚がないのだろうか。座った彼の上に乗った状態のエレナは、顔を近付けてくる彼にどぎまぎしてしまった。

（あ。でも、それくらい自覚がないのかも？）

自信がないのかもしれない。そう思ってエレナは、シャイな獣人学者に声援を送るべくにっこりと笑って頷いて見せた。

「はい、とてもハンサムですよ」

ルキウスがかぁっと赤くなって、顔の下を手で覆った。

「そ、そうか。君がそう言うのなら……ここでも前髪を上げていようかな」

村人と近くで会うこともないようだし、と、彼は取って付けたように言った。

やはり前髪は無理やり下ろしていただけのようだ。

普段みたいにしてください、とお願いしてみたら、ルキウスは手櫛一つでボサッとした感じはなくなった。

「まぁまぁっ、素敵ですよ学者様！」

サンジェの丘も回ったのちに帰宅すると、母も大賛成だった。必要がない間は獣目を隠さないことにしたのだとルキウスが伝えると、父も嬉しそうにした。

「ウチの中でも隠しているから心配したよ。獣人族だからって気にすることはない。こんなハンサムな学者さんなら、ぜひうちの娘をもらっていって欲しいね」

お祝いのごとく共に夕食を過ごそうと誘った父が、急にそんなことを言って、エレナはぽかんとした。

「うふふ、しっかりしているから安心できるものね。このへんだと十六ではだいたいが嫁いでいくのに、この子ったら十七歳になっても植物か本に夢中で」

「学者様、他に予定がなければうちのエレナなんてどうかね？」

「えっ」

「子供っぽいからだめかしら？　もっと大人びた子が好み？」

「えぇぇっ」

急に色々と言われたルキウスが、耳まで一気に真っ赤になった。

真面目《まじめ》な人だからだろう。軽い冗談で困らせてしまってはだめだとエレナは言い、慌てて両親達から彼を助けたのだった。

二章　学者様とその秘密

前髪を無理に顔に下ろさなくなったルキウスだったが、それからは遺跡の現場を見るのもかなりスムーズだった。宿にいる間の読書のペースも早い。

「うん。邪魔だったから」

やはり見えづらさはあったようだ。

獣歯のことも知り、獣目を隠さなくなったことで少しは心を開いてくれたのか。気を楽にして話してくれる回数が増えたのもエレナは嬉《うれ》しかった。

一日、雨の日の休みを挟んだ翌日、早速次の名所である洞窟《どうくつ》へ向かった。到着早々にルキウスは興味が惹《ひ》かれるものを発見したようだ。

「『獣は古代の方法で人の心を得た』とある。古代の方法とはなんだ？」

「そう書かれているんですか？」

「うん」

しゃがみ込んで洞窟の壁を指差すルキウスは真剣だが、エレナはエンビッデ文字が読めない。

新しい発見をしたことは嬉しく思うけれど……少々彼の左側に気を取られている。

「えーと……重要なんでしょうか？」

「いくつかの遺跡に『癒《いや》しが人の心を与えた』、『彼は癒しを得て人になった』と似たような言葉があった。何か関連があるとしたら、大きなことだよ」

「それは良かったですね、うん」

『古代の方法』と国内で明確に書かれていたのは、ここが初めてなのだとか。

エレナはそんな彼の話よりも、やはり「元に戻るのかな」「大丈夫?」とはらはら思う。

「君は『古代の方法』について、何か似たような言い伝えは聞いてないか?」

「えっ? いえ、物語では全然……資料には載っていなかったんですか?」

「なかった。全く、昔の学者達も山のふもとなら、過去に落石があったことも考慮しておくべきだと思う。調査の時に誰《だれ》もどかさなかったなんて」

そりゃ、人にどかせるような岩ではなさそうですし……。

エレナはそばの大岩を見やった。観察していた彼が落石の可能性に気付き「動かせるか試してみよう」と言って、あっさり持ち上げてどかしてしまったのだ。

(獣人族は力も強いとは言っていたけど、桁《けた》違いなのね……)

驚いたし、今は胃がきりきりしていてまずい。

「あの、ルキウスさん。これ……」

さすがに遺跡なので状態保存が鉄則だ。しかし、先に彼が壁の観察を終えて立ち上がった。

「大丈夫、元に戻しておくから」

そう言ったルキウスが、軽々と持ち上げて岩を元の位置に戻した。エレナは、またぽかんと口を開けてしまった。

「……ルキウスさんって、意外と肝が据わっているんですね」

「壊したりしなければ問題ないよ。ようは知られなければいい」

手の埃《ほこり》を払った彼が、堂々とにこやかに言ってのけた。バレなければ大丈夫と口にする前向きな一面にも、呆気《あっけ》に取られた。

度胸もありそうなところからすると、長い旅で色々と経験も積んでいそうだ。

（だから意外と体格もいいのかしら？）

彼が調査道具の鞄《かばん》を腰のベルトにつけ直すのを待ちながら、エレナは考える。

細身だけど軟弱な雰囲気はないし、先日助けられた際にも引き締まっているのは感じた。

「獣人族は、皆さん元々すごく怪力なんですか？」

「え。あー……その、個人差はある、かな」

どうしてか彼が言葉を濁した。

つまりルキウスは力が強い方なのか。エレナは興味が湧《わ》いて、ひょいっと近寄って獣人族の彼の腕を触った。

「あっ、腕もしっかりとされているんですね」

両手で揉《も》み込んだ瞬間、ルキウスがさっと頬《ほお》を染め素早く離れた。

「さ、触るだなんて……っ」

まるで女性みたいな反応だ。シャイなうえ美しい顔をしているので、余計にそう感じるのかもしれないとエレナは思う。

「だって、気になるじゃないですか。細腕なのに、あんなに大きな岩を持ち上げるだなんて」

「いや、僕は女性と比べると細くはないよ」

「でもムキムキじゃないのに大きな岩を動かしたなんてすごいです！　私にはそれが不思議で、もう気になって気になって」

確認したくて、エレナは合掌《がっしょう》してお願いする。

「触ったらだめですか？」

「うっ、その……だめ、じゃない」

ルキウスが、湯気が出そうなくらい真っ赤になった。

彼が逆らえないかのように腕を差し出してきた。エレナは早速彼の腕を触る。

（やっぱり、鍛えられた逞《たくま》しさはあるわ）

引き締まっていて、コートが似合うくらい細くはある。父や近所のおじさん達のように太くはないので、どうやったらあんな大きな岩をどかせるのかが不思議だ。

獣人族だから、というのが理由であの怪力を引き出せているのだろう。そう結論が出たら満足できた。

「ありがとうございます」

礼を述べて彼の腕を放した。

「もういいのか？」

「はい、確かめられて満足です」

にこにこと答えれば、彼がおずおずともう少し顔を近付けて覗《のぞ》き込んでくる。

「不思議に思って確認したかったということは、君は、僕に興味がある？」

「ええ、そうですね。獣人族ってすごいんですね」

「そ、その、触りたかったらもっと触ってもいい、し……」

なぜかルキウスが、提案しながら真っ赤になった。

筋肉自慢をしてくる村の男性達と違っていて、エレナの目には新鮮に映った。

「いえ、恥ずかしいならいいんです、無理には触りませんから」

「いやっ、大丈夫！　慣れるからっ」

変な主張だった。それを努力しようとする姿勢もおかしくて、エレナは笑った。

「さ、行きましょうか」

洞窟の外へと出ると、日差しは半ば傾いて過ごしやすくなっていた。

いつもより念入りにルキウスが壁を見ていたせいだろう。結構な時間ここにいたようだと実感し、エレナは新鮮な空気を肺いっぱいに吸い込む。

「これからだと、戻る時間が遅くなってしまうな」

同じく頭上を眺めるルキウスが、思案してそう言った。かざした手の下にある獣目が、くいっと細められるのをエレナは興味深く見つめた。

(横から見ると、ガラス玉みたい)

とても透き通った湖の色みたいに、彼の瞳《ひとみ》の色は美しい。

「戻ろうか。君のご両親を心配させてしまう」

ルキウスの目が戻ってきて、ハタと我に返った。

彼は連日と同じく手を差し出してくる。十七歳だとは何度か教えたのに、他《ほか》の村の大人達《おとな》と同じくエレナを子供みたいに感じているのだろう。

でも、彼と手を繋《つな》ぐのは心地いい。エレナは「はい」と答えて手を握った。

「残りは二箇所か……そこに、もう少し書かれているといいな」

歩き出しながら、ルキウスが思案げに呟《つぶや》いた。

岩の後ろに描かれていたエンビッデ文字のことを言っているのだろう。彼にとっては新しい発見であるし、良かったとエレナも改めてホッとする。

「そうですね」

そう答えたところで、「あ」と気付いてしまった。

「明日の調査が終わったら、ルキウスさんはもう次の場所へ出発してしまうんですね……」

別れを思うと胸が切なくなった。

これまでだって、泊まっていた者をたくさん見送ってきた。それでもエレナにとって、ルキスウといる時間は他とは違うくらいに特別だった。

「寂しいですね」

もっと仲良くなれそうだったのに、お別れの日を想像して思いをもらした。

「そう、だね」

ルキウスがぎこちなく相槌《あいづち》を打った。王都に帰るのが少しでも早くなるというのに、今になって思い出したかのような様子に気付いて、エレナは少しだけ不思議に思った。

◆

翌日も天気に恵まれ、残り二箇所の遺跡を見ることになった。

なんだかルキウスは朝から少し様子が変だった。目覚めにはコーヒーとのことで食前に出したが気付かなくて、食べている間も上の空といった感じだった。

畑に出かけた両親達も、体調が優《すぐ》れないのではと心配していた。

（本人は大丈夫だと言っていたけど、睡眠不足がたたっているんじゃないかしら）

昨日も一昨日も、彼は夜遅くまで書き物をしていた。夜中にいったん目が覚めた父が、水を飲みに行った際に彼と言葉を交わしたというのはエレナも聞いている。

「《道を開けて、遺跡の場所まで道を示して》」

遺跡がある緑の原は、畑には使用されていないので雑草が腰の丈まで育っていた。エレナが思いを込めて声を発すると、雑草が左右へ分かれ一本道を作った。

その先にあるのは、古い巨木だ。周りには風よけの木が数本立っている。

「君の魔力も、不思議だな」

草をかき分ける必要がないことが不思議なのか、歩きながらルキウスがしげしげと見る。

「草が綺麗《きれい》に左右に傾いて道を作るだなんて……木にも効果はあるのか？」

「木は動きません。ただ、生《な》った実を一つくださいと口にしてみたら、一つだけ手に落ちてきたことはあります」

偶然なのかは分からない。必要以上に採る習慣はなく、その時は一緒に散歩していた父と木の下で休んで実を半分ずつ食べた。

「長閑《のどか》なんだな。そして、いい父親だ」

話を聞いたルキウスが、少しだけ羨《うらや》ましそうに目を細めた。

彼は風景を目に焼き付けるみたいに、山の反対方向の平原をブルーサファイアの獣目に映していた。その横顔は、やはり少し元気がないように見えた。

「まるで、言葉を聞き入れているみたいだな」

呟くような声がふっと聞こえると同時に、ルキウスの目が戻ってきた。

「木が、ですか？」

「道を開いてくれているこの植物も、だよ」

ルキウスが取り繕うみたいな笑みを浮かべた。

「君の魔力は、彼らに、意思を明確に受け取らせることができるんじゃないかな。だから行動しようとして、反応する」

植物も、根気強く伝えれば言葉を理解するとは聞く。

（私の場合は、たった一言で正確に伝わるということ？）

そう考えてみると、可能性としてとても頷《うなず》ける気がした。

やがて石碑へと辿《たど》り着いた。背の高い雑草が揺れる草原の海の中、数本の木に寄り添われて貫禄《かんろく》ある老木が堂々とそびえ立つ。

その巨木に、半ば身を埋めるようにして石碑があった。

石碑に書かれているのは、大怪我《けが》を負った瀕死《ひんし》の山犬男を、初めて発見した村人が残したとされる文だ。

『彼は狂暴な獣ではない！　分かりあえる友だ！　友なんだよ！』

言い伝えでは、その男はそう言って山犬男を庇《かば》ったとされている。

のちに、彼がきっかけで夜の交流が生まれることになる。山犬男に自我がなかったとされている頃《ころ》の話なので、どうして彼がそう断言できたのかエレナには不思議だった。

【――そら見たことか、彼は我らの友だ。もう村人の仲間だ。彼は、今、笑っている】

石碑には、彼の遺《のこ》した最後の文が書かれている。

名前は不明だが、彼が書いたとされる日記は博物館に保管されている。その供述内容は、この土地で生まれた『山犬男』の原作に合致してもいた。

そんな色々なものが残され、実在説が濃厚な話なのだ。

「その日記は、ここへ来る途中に見せてもらった。彼は『人でもなければ獣でもないモノ』と書き記していた。その目の奥には理性が見えた、と。その目を見た時には、彼の中で『獣ではない』と判断したのかもしれない」

ルキウスが屈み、石碑を確認しながらそう言った。

(その目に、人の理性を感じた……？)

エレナは怖くなかったのかどうか考えてしまう。大きな博物館に保管されてしまった日記の内容を読んだことはなかった。

そんなことを考えていると、ルキウスが背を起こした。

「もういいんですか？」

「日記の情報の補足をしたかっただけなんだ。ここは、もういい」

答えたルキウスが、吹き抜けた風をつられたように見やった。マント付きのコートの襟《えり》を寄せた彼の横顔は、どこか哀愁《あいしゅう》が漂っているようにも感じた。

（まるで――お墓参りみたい）

新しい発見を期待して来た、というよりそう感じた。ルキウスは石碑を男の墓前とでも言うかのように、最後は礼儀正しく頭を下げていた。

道を戻るために歩き出しても、彼は遠ざかっていく石碑を見ていた。

（次が、最後の調査場所ね）

山から離れるようにだいぶ歩いた場所に、小さな滝がある。その裏手のせり出した崖壁《がいへき》に、言葉を話せるようになった山犬男が描いたとされる絵が残されていた。

（ルキウスさんにとってはいいことなんだから、寂しいなんて思うのはだめよ）

新しい発見もあったし、もしかしたら報告がてら帰れるかもしれないのだ。エレナはしっかりしようと思って、雑草の原から道へと足を進めた。

その時、ルキウスに引き留められてハッと立ち止まった。

「かなり歩くと言っていたが、平気だと答えた時に君のことを考慮していなかった。すまない」

「え？　私のことですか……？」

「僕は歩き慣れているから平気だが、君には馬車の方がよかっただろうか」

それを心配したらしい。正直に正面からそう打ち明けて尋ねてくれた彼がおかしくて、胸がくすぐったくてエレナは笑い返した。

「平気です。私はこの村で育ったんですよ、長距離だって歩き慣れています」

「そ、そうか。それは申し訳なかった」

彼が手を放す。しかし、それはエレナと手を繋ぎ直しただけだった。

「それじゃあ行こうか。道案内を頼む」

手を引く彼に、子供じゃないのにと思う。でも疑問にも思っていない顔で笑いかけられると、エレナも結局は笑い返して「はい」と答えた。

二人で並んで歩くと、仲良く散策しているみたいな気分になる。胸がぽかぽかして暖かい。

(これが、最後の〝散歩〟なんだろうなぁ)

エレナは、長閑な青い空を見上げてそう思った。


空の青が少し薄くなった頃、滝に到着した。

石や岩がごろごろしている足場を慎重に進んで裏手に回ると、例の壁画があった。崖《がけ》の下側が削られたみたいに窪《くぼ》んでいて、大きな岩が平坦《へいたん》な足場を作り出している。

「手伝っても？」

先に足場へ上がったルキウスが手を差し出してきた。

彼がどこか切なそうに微笑《ほほえ》む。登れる階段のような段差で手を貸されるなんて、経験になくてエレナはびっくりした。

「え、ええ。いいですよ」

彼の大きな手にそっと重ねると、ルキウスが優しく握ってエレナを岩の上へと導いた。手を引く仕草も丁寧で、なんだかドキドキしてしまった。

（いいところの出身だったりするのかしら？）

仕草に品があるというか、身綺麗なのもそこからきているのだろうかと想像してしまう。

「あの、えと、ありがとうございます」

「どういたしまして」

ルキウスはいつもみたいに微笑むと、早速壁に向かい出した。

「随分大きな壁だ」

ルキウスが、大人の手がギリギリ届く絵を見上げた。

それは山犬男が描いたものとされている壁画で、直立すると男性の平均身長を悠に超えた説があった。下側にある絵は、一緒にここで描いた少年少女らのものだと伝えられていた。

「いくつか単語も彫《ほ》られているな」

彼が調査道具の鞄を置いて、壁の状態を見つつ一つずつ絵を観察し始めた。

話しかけたい気もしたが、エレナはこらえて見守ることにした。

（今日で最後だけれど、集中してもらいたいもの）

彼の引き締まったコートの背中は、不思議と見飽きない。調査をしている彼といる時間は心地よくて、待つのも全然苦ではなかった。

崖の向こう側から、滝の音が鈍く聞こえてくる。

「……その、天候に問題がなければ、明日には出立しようと思っているんだ」

下側の次の絵へと移動したルキウスが、落ち着かない様子で話を振ってきた。そうするのも珍しいと思ったエレナは、次の言葉を聞いて納得する。

「当日に伝えるのも悪いかなと思って、今のうちに教えておこうかと……」

「ああ、そうだったんですね」

「君のご両親にも馬車から馬の管理まで大変世話になったから、最後にまた夕食を共にできたらと考えたんだが、どうだろうか？」

「それはいいですね、両親も喜びますよ」

窺《うかが》うように見てきたルキウスが、「よかった」と言って獣目をホッと細める。馬車の手入れを無償でしてもらっていることを、申し訳ないと先日もらしていた。

「実は夕食で一つ提案があって、僕は料理も得意なんだ。よければキッチンを借りて、王都の名物料理を作ってあげてもいいかな？」

「素敵ですね。私も一緒に両親にお願いしますよ」

その提案が嬉しくて、エレナは表情をほころばせた。珍しいくらいすっかりルキウスを気に入っている両親も、きっと喜ぶだろう。

「それは心強い。戻ったら二人でご両親に切り出してみよう」

「はいっ」

「ところで……その、君のご両親が『嫁のもらい手』がと言っていたことだが」

調査を進めながら、ルキウスがぎこちなく咳《せき》払いを挟む。

「この村では、何歳までには嫁がなければならないという習慣があったりするのかな。紹介や見合いがあったりとかは……」

「習慣や決まりなどは、とくにないですよ。どうしてそんなことを？」

「いやっ、そもそも僕が気にしてはいけないことなのだけれどっ」

焦ってまたしても変な言い方になっている。真面目《まじめ》な人だから、先日両親が冗談みたいに振った話を気にしているのだろう。

「両親も雑談しただけだと思いますから、気になさらないでください」

「でも、このあたりだと同年代も少ないんだろう？」

「前もお話したように、三つの村同士は仲が良くて交流も日頃からあるんです。同業者で顔見知りのところに嫁ぐのもよくあることなので、心配しなくても大丈夫ですよ」

優しい人だなと思いながら、エレナは気にしなくてもいいと笑って教えた。

しかしルキウスは、作業の手を止めて固まってしまった。

「君の同業者というと……」

「先日のザビラがそうですね。でも両親が『もらってくれないか』と言ったとしても、彼が首を縦に振るとも思えないのですけれど」

思わずくすくす笑ってしまった。

「そうかな……彼も、それからこの前の子も喜んで引き受けそうな気がする」

「この前の子？」

「先日の牛乳配達君だよ、実のところ君が気になっているとか……君は魅力的だから、すぐにもらい手も現れるんじゃないかな」

魅力的だなんて、言われ慣れなくてエレナは気恥ずかしくなる。

「幼馴染《おさななじみ》達からは『知的好奇心が強い変わり者』みたいに言われていますから、それはないかと。いずれは両親の元を巣立って嫁がないといけないとは思っていますが」

いつまでも〝世話になっている子供のまま〟ではいられないから。

望むとしたら、結婚する前に一度だけ外の世界を自分の目で知っていきたい――とは思うが両親には切り出せないことだ。

「次に来てくださった時に宿の看板娘をしていなかったら、と考えたら、少し寂しいですね」

嫁いでしまったら、エレナはあの家にはいないだろう。

風が通り抜けていく音がした。

物憂げに風を目で追ったところで、会話が途切れてしまっていることに気付く。

「ごめんなさい、私ったら」

生真面目な彼に、また考えさせる要素を増やしてしまったら大変だ。

明日旅立つ彼には、笑っていて欲しい。そう思って「気にしないでください」と告げながら顔を向けて、エレナは目を瞠《みは》った。

ルキウスが苦しそうに頭を抱えていた。噛《か》み締めた口から、呻《うめ》くような声がもれる。

彼がよろけて、頭を振った。

「ルキウスさんっ、どうしたんですか⁉」

「だめだ！」

駆け寄ろうとした瞬間、鋭い声を投げられてビクッと身が固まった。

「早く、ここから……逃げて欲しい……」

絞り出すようなルキウスの喉《のど》から、唸《うな》るような低い呻きが鳴った。

(逃げる？　どうして？)

困惑したエレナは、不意に息を止めた。彼の指が白い毛並みに包まれ始め、手首も徐々に太さを増した。まるで獣の前足みたいな――。

(これは、何？)

ルキウスの白い髪が揺れ、耳も尖《とが》って獣へと変わっていく。その変化に合わせて、首や頬、唸る口元も白い体毛をした獣の頭へと変貌《へんぼう》を遂げる。

ルキウスの顔が獣そのものになった。

彼が『逃げて』と言った言葉を実行すべきかどうか、悩んで一歩後ろへ足が動いた時、俊敏な動きで彼が振り返ってきた。

獰猛《どうもう》な獣が歯を剥《む》き出しに威嚇《いかく》し、今にも飛びかからんばかりの表情だった。

だが直後、エレナは射抜いてきたブルーサファイアの獣の瞳にハッとした。

――彼は、ルキウスだ。

瞳の奥に強く彼を感じた。人なのだという思いが胸を貫いていって、エレナの中から『見捨てて逃げる』という選択肢が木っ端微塵《みじん》に吹き飛ぶ。

(助けなきゃ。そして、一緒に帰るの)

良心に突き動かされるようにその場に留《とど》まったその一瞬後、不意に唸り声を上げて彼が飛びかかってきた。

「ルキウスさん!《私の声を聞いて、落ち着いて》!」

咄嗟《とっさ》に言ったエレナの口から、あの〝声〟が出た。

これまでと違い、空気やあらゆるものが〝響く〟感じがあった。

響き渡った空気の揺れを受けた瞬間、ルキウスが急停止した。苦しそうに頭を振り、直前まで続いていた獣への変化も止《や》む。

（……もしかして、言葉が彼の耳に届いたの？）

この〝声〟は、人を落ち着ける効果もあるのだろうか。

ルキウスが、植物に正しく言葉が伝わると言っていたことを思い出す。

でもまだ彼の理性は戻っていない様子だ。低い唸り声を上げてもがいている。もし彼が動き出したら、大怪我では済まないかもしれない。

（でも、逃げたくない。この声が効くのなら……）

エレナはどうにかして彼を助けたかった。覚悟を決めて、息を吸い込む。

「……《ルキウスさん落ち着いて。あなたは人よ、人に戻るの》」

強く想いを込めると、空気自体が響いて彼を包み込む感覚があった。

ぐうぅと唸った彼の爪《つめ》が短くなり、獣の顔が徐々に人へと近付いていく。

「《落ち着いて》」

震える足を留まらせ、繰り返し辛抱強く慎重に言い聞かせた。

ルキウスの顔が元に戻る。続いて、手から白い毛並みが引く。それはあまりにも信じがたい光景だったが、驚愕《きょうがく》の感情は極度の緊張で麻痺《まひ》していた。

（よかった、あとは理性が戻れば――）

そう思って細く息をもらした時、ブルーサファイアの目がエレナを射抜いた。

「え。あ……っ」

気付いた時には彼が迫り、両腕を容赦なく掴《つか》まれていた。

ルキウスが肩へ噛みついた。牙《きば》が食い込む鋭い痛みが全身を走り抜け、押し倒されるように一緒に地面に転がった。

だが、彼は肩にギリギリと食らいつき放さなかった。

あまりの激痛で意識が飛びそうになる。でも、逃げたらだめだ。

「うっ、ぐっ……《私は大丈夫だから、どうか、落ち着いて》」

エレナは痛みに耐えながら彼へ手を伸ばし、頭を撫《な》で、声をどうにか絞り出してこれ以上彼が噛まないように落ち着かせる。

ここで逃げたら、余計にショックを受ける。

エレナは噛まれている自分のことよりも、彼の身を案じた。きっと我に返ったら、彼は噛んだことにとても傷付いてしまうだろうから。

「《ルキウスさん、放して》。《大丈夫、あなたを怖がったりしない》」

背を撫でて宥《なだ》めるが、彼は耳元で荒い呼吸を繰り返して肩を放してくれない。

と、彼がより深く歯を食い込ませてきた。突き立てられた牙の痛みの鋭さに、ビクンッと身《から》体《だ》がはねた。

「あ……っ、う」

苦しさに身悶《みもだ》えすると、身体で一層強く押さえつけられてしまった。

肩が燃えるように熱い。あまりにも長く噛まれ続け、抵抗する力もなくなると、ようやく噛む力がふっと弱まった。

ぬるりとした肉厚の感触がし、エレナはビクッとした。

歯がゆっくりと離れたかと思ったら、代わりに吸いつかれた。

「……え、何。血を舐《な》められてるの？　ンンッ」

じんっと痺《しび》れた患部を舐め回され、鈍い痛みの余韻に身をよじった。

血を吸っているはずなのに、食事とは全く別の艶《なま》めかしい行為みたいに感じた。這《は》う舌も、味見というより優しく看病するみたいに――。

「あっ……や……あぁ……」

肩に心臓があるみたいに、熱くて痛い。

噛まれたのは肩なのに、首まで舐められる。痛みと、ぞくぞくした甘く痺れるような感覚にエレナは震えた。

「んっ、ルキウス、さ、ん《どうか落ち着いて》」

のしかかる彼の胸板を、身悶えし押し返した。

彼が不意に動きを止めてハッと頭を起こした。理性が戻ったブルーサファイアの獣目と視線が合って、エレナは全身から力が抜けた。

「ああ、良かったルキウスさん」

「あ……ぼ、僕は、なんてことを」

「大丈夫、落ち着いて」

混乱している彼を、エレナは咄嗟に抱き締めた。激しく動揺した彼の目に、取り乱す隙《すき》を狙《ねら》う獣のような気配を感じたのだ。

たぶん、獣になるのは彼の意思ではない。そして襲ったのも——そう感じた。

「興奮してはだめ。私は平気よ、だから深呼吸するの」

痛みでくらくらしたが、過呼吸になった彼に耳元で言い聞かせる。

「あなたのせいじゃないわ。私はそばにいる、あなたの味方よ」

腕に力を入れると肩が猛烈に痛かったが、エレナは我慢強くルキウスを抱き締めていた。

安心したのか、やがて彼の身体から力が抜けていく。

「……ごめん、エレナ……本当に……すまない……」

不意に、ルキウスがどさりと上に倒れてきた。

彼は意識がなかった。汗をかいた顔は青白く、眉間《みけん》には苦しそうな皺《しわ》がある。

エレナは、こらえていた震えが込み上げた。それは恐ろしさからではなく、彼が目を閉じてしまったことが怖かった。

(どうしよう、ルキウスさんが)

力なく倒れ込んでいる彼の頭を、痛みに抗《あらが》って抱き締めた。

苦しそうな呼吸と共にも、心臓の音が伝わってきた。ひとまず生きている。でもなす術《すべ》はなく、エレナはじわりと涙を浮かべて「誰か！」と叫んだ。

「誰か助けて！」

ルキウスさんを、助けて。

ここは村の家々から遠く離れた場所だ。この時間、こんな辺鄙《へんぴ》な地に人はいない。

今のエレナに、ルキウスを上からどかすこともできない。彼を一人で運ぶことも不可能だ。

（どうしたら――）

そう思った時、頭の上から男性の声がした。

「大丈夫かい？」

ハッと目を向けると、そこにはこちらを見下ろす老人の姿があった。

その瞳は、ルキウスで見慣れた〝獣人族の獣目〟だった。細身に白衣、肩には診察鞄を提げているので医者だろう。

「あ、あなた様は……？　どうしてこんなところに」

「警戒しないでいいよ。大丈夫、僕は医者だ」

エレナがルキウスを抱き締める腕に力を入れると、彼がにこっと笑う。

「そんな風に抱き締めたら、君も痛いでしょ？　だから、そっと力を抜いて」

エレナは言葉に従った。だが、理由を話そうとしたものの、頭の中はまだ混乱していて先程のことを言っていいのか躊躇《ためら》われた。

「僕も御覧の通り彼と同じ獣人族だ。そして僕は〝理由を知る者〟だから、安心して」

老人医師が、しゃがみ込んで目を合わせてきた。

「ルキウスさんの、知り合い……？」

「そう。幼い頃からの彼の診察医。僕も獣人族だから〝耳〟はよくてね。偶然助けを求める声が聞こえたものだから、飛び降りて来たんだよ」

その言い方に疑問を覚えた。

「飛び降り……？」

「ああ、言い間違いだ。そう、馬車から、ね」

どことなく不思議なその老人医師は、取って付けたみたいにそう言うとルキウスをあっさり片手で持ち上げ、エレナの上から引き離してしまった。

「僕が彼と君を運ぼう。安心して眠るといい」

「ですが」

「大丈夫、君の匂《にお》いを辿れば家に行けるよ。僕ら獣人族は〝鼻〟もいいんだ」

年齢に合わない若い喋《しゃべ》り方をする彼が、ルキウスを片手ににっこりと笑った。

「僕は医者のレイだよ。ルキウス坊やのことは任せなさい、お嬢さんの肩の治療もしよう。だから、今は少しでも体力を戻すためにもお眠り。目覚めた時には治療も終わってるから」

ゴォッとどこかで強い風の音がした。
ルキウスが無事なら――エレナは、こらえていた意識をようやく手放した。

◆

エレナが目を覚ました時、そこは宿の二階の二人用宿泊部屋だった。肩に穴があいてしまった服の下に、包帯が巻かれているのが見えた。

気を失っていたのは、運び込まれて処置されている間のことだったようだ。

二つのベッドの間には老人医師レイがいて、手短に説明してくれた。

彼がルキウスもベッドまで運び、エレナの肩も診《み》た。両親は娘の怪我を見て大変心配していたが、レイが「時間がないのでとりあえずあとで」と、いったん必要なものを揃《そろ》えてもらって両親には退出を願ったそうだ。

ルキウスに怪我はなく、過労状態だけで済んでおり、しばらくすれば身体も動くようになるとのことだ。

「――というわけなんだけれど」

エレナに報告を終えたレイが、そこで隣のベッドへ顔を戻した。

「やってくれたね、ティグリスブレイド伯爵家の倅君《せがれ》」

「すみません……」

そこのベッドに座っていたルキウスが、腕を組んでとんとんと指で叩《たた》くレイの前で頭を下げてうなだれた。

（えっ、伯爵家？　彼、獣人貴族様だったの!?）

なぜ過酷な旅学者などをやっているのだろう。

そうエレナが戸惑っていると、レイが「全く」とルキウスに対して息を吐き、それから肩越しに彼女へ視線を移してきた。

「正真正銘《しょうしんしょうめい》、彼は獣人貴族の伯爵令息だ。彼が貴族籍なのが今回はちょっと問題で、君にも関わってくるからざっと説明するね」

「どういうことですか？」

するとレイが、冷静な獣目でエレナを見下ろし、自分の肩の方を指で叩いて見せた。

「君、ルキウス坊やに噛まれただろう？」

「え？　ああ、はい、そうです」

「あれは獲物を襲うためのものじゃない。君は、獣人族流に求婚されたのさ」

「え……、えぇえぇえっ！」

意味が分からない。だって、ガブリと噛まれたのだ。

「きゅ、求婚？　何がなんで、どうしてそんな解釈に……」

「そうするはずじゃなかった状況なのは分かってるから、これはあくまでも、登録される申請の肩書きだけだと思ってくれていい」

「申請？」

「獣人法にある【仮婚約】だ。彼は王都から出ているし、家を出ているから内密に申請して消えるのを待つのは可能だから、まずは安心してね」

エレナは、婚約、という二文字にさらに困惑していた。

目を向けると、ほぼ同時にレイに睨《にら》まれたルキウスが、ますますいたたまれなさそうに頭の位置を低くした。

「……ほんとに、申し訳ない」

「全くだよ、なんてことをしているんだい」

ぶつくさ言ったレイが、エレナに続ける。

「獣人族は、伴侶《はんりょ》にしてもいいと気に入った相手を噛んで、求婚痣《あざ》というモノを付けるのが婚姻活動の習慣でね。まずは婚約者の候補として【仮婚約】を交わすんだ」

「あっ、それって、つまり私が知る婚約ではない……？」

「そうだね。『婚約してもいい相手の候補』みたいな感じ」

王都には獣人法というものが存在する。とくに獣人貴族の場合には制約も色々とつくらしいが、ルキウスは王都から出ており、成人後実家も出ている。

「君の場合は、ただ彼の仮婚約者として名前が登録されるだけだ。伯爵令息だからね、僕は医師として診察した結果を届け出なければならない」

「王都でルキウスさんのことを調べると、私の名前が載っている、みたいな……？」

「ま、そんなとこ。君にとって、彼は書面上では無関係者じゃなくなることだけが変わる。君のご両親にこれ以上心配をかけないためにも、獣人貴族の当主でもある僕が証人欄《らん》に書いて申請を出しておくから、知られることがない点も安心して欲しい」

つまるところ、今のところ一番負担を負うのは医師のレイのようだ。だから、ちょくちょくルキウスへの当たりも強めなのだろう。

「獣人族が噛んだ傷は治りも早いから、あとで見てみるといい。そりゃもう、他の獣人族が知っても度肝を抜かれるような立派な大きさの求婚痣がついているから」

向こうのベッドで、ルキウスがぎくんっと肩をはねる。そんなにびっくりする痣なのかな、とエレナはきょとんとした。

「うーん。ま、いいか。獣人族は気に入った相手を本能的に噛みたくなる。今回、彼は暴走して君を噛んでしまったわけだ。あの〝獣化〟は、彼の意思ではどうにもならなくてね」

「気に入った相手を噛む習性……」

獣に変身しようとしていたのを見た時、何か事情があるのを察した。たぶん、彼がこうして旅学者をしていることも。

（彼が噛みついてきたのは、私を『いい』と思ってくれたから……？）

そちらが気になって、エレナはついレイの顔色を窺った。

こちらを見ていたルキウスが、目が合った途端に手を横に振る。

「そのっ、求愛といった意味で噛んだのではなくっ、獣化で暴走してしまっていて記憶がない間に……！」

「あ、分かっています。本能、なんですよね」

エレナは慌てて彼に答えた。彼は暴走して〝誤って噛み付いてしまった〟だけだ。

でもそう考えると、嬉しい可能性にも気付いていたから、彼女はついはにかんでしまう。

「エレナ……？　どうした？」

「噛むのは、仲良くしたいと思う気持ちが根本にあるわけですよね。だから、今回こうやって本音も知れてよかったなと思って」

思わず笑ってしまった顔を両手で押さえると、ルキウスが獣目を小さく見開いた。

「……悪く思っていないのか？」

「びっくりはしましたけど、こうして一緒に戻れて安心しましたし。ルキウスさんが、私と友人として仲良くしたいと思ってくれたのも嬉しくて」

ルキウスがかぁっと赤面したのを、レイが横目で冷ややかに見ていた。

「ルキウス坊や、君は状況を忘れていないかな？　追って噛むようなことがあったら、さすがの僕も獣人紳士としてぶっ飛ばすからね。君もまさか〝二度噛みの主張〟は――」

「しませんしませんっ」

焦って首を横に振ったルキウスが、エレナを見て痛々しそうに目を細めた。

「本当にすまなかった、エレナ。たぶん加減は全くできなかったと思うから……とても痛かったし、怖い思いもさせたと思う」

本当にすまなかった、とルキウスがベッドに手をつき頭を下げた。

「いいんですよルキウスさんっ、何か事情があるんでしょう？」

「僕は……獣化の症状を持っているんだ。獣人族は、ルーツになった獣の性質が強く出る『先祖返り』があるんだけど、僕は〝獣の姿に〟なる」

通常、先祖返りは性質や精神面に反映されるものであるらしい。

だが、彼は完全に獣に変身してしまう。獣化が始まれば自我は失われ、姿が元に戻るまでの間の記憶はない。

「私が見たのは、頭と手だけでした。あれはその一部だったんですね」

「僕も途中で獣化から戻ったのは初めてだ。兄と一緒にどうにか獣化する数は減らせたが、あやって不意に獣化してしまう……僕は、その解決策をずっと探しているんだ」

それで国内外を旅しているようだ。

（彼は帰れないのではなく……自分の意思で……）

エレナが単身旅をしている学者事情を思っていると、ルキウスが包帯の覗くエレナの肩を見て、その獣目を罪悪感でくしゃりと歪《ゆが》めた。

「本当にすまない、怖かっただろう」

「平気です。私、身体が丈夫なのが取り柄なんです」

エレナは、咄嗟に元気付けるようにそう言った。

「目を見たら、ルキウスさんだと分かって怖くはありませんでした」

「しかし……どうして君は逃げなかったんだ？　僕は逃げろと言ったのに」

「ルキウスさんを放《ほう》って、どこかへ行けるはずがありません。私は一緒に戻ろうと必死だったんです。あなたが優しい人なのは、知っています」

エレナがにこっと笑って見せると、ルキウスが泣きそうな顔に不器用な笑みを浮かべた。

「目を見て僕だと信頼したなんて、まるで山犬男のあの彼の一節みたいだな」

「そうですね、なんだか共感できました。肩だって、痣が付くくらい私は大丈夫ですから。レイさん、しばらくしたら消えるんですよね？」

確認すると、ふうんと見守っていたレイが表情そのままに口を開く。

「三年以内。それ以上にはならないだろうね」

「永遠じゃないのなら大丈夫です」

傷跡ではないのなら安心だ。するとレイが、どこか呆《あき》れたみたいに頭をかく。

「君はポジティブだなぁ。問題なのは、噛んだ本人が離れられるかどうか――」

「え？」

「――いや、なんでも」

レイが、改めてルキウスを見る。

「それで？　僕が今言わんとしたことについては、どうなんだね？」

「それは……」

言いづらそうにルキウスがベッドに目を落とす。

(仲良くなった彼と、ここでお別れしたくない)

エレナは、彼が明日にでも獣化を解決するためのヒントを探して、また旅に出ることを思った。レイは『今日いっぱい休めば快復する』と言っていた。

獣化という事情を考えれば、彼が一人で調べ歩いているのは分かる。

それでも、たった一人なんて寂しい旅路《たびじ》だ。

出会った時から、奥手ながら彼の穏やかで優しい空気に惹かれていたから切なかった。理解者がいた方が寂しくないし、助けにもなれるのではないだろうか？

「ルキウスさん、解決策を一緒に探させてください」

気付いたらエレナは、そう口にしていた。

レイが「あらま」と若い調子で呟いて顎《あご》を撫でるそばで、ルキウスがブルーサファイアの獣目をこぼれんばかりに見開いている。

「君が、僕と一緒に？　……いやっ、しかし」

「力になりたいんです」

確固たる意思があると示して、彼の言葉を遮る。

「それにいつか外に出て、知らない風景や物事を自分の目で見て、学んで、たくさん本だって読みたいと思っていました！　私、両親共々認める好奇心の強い娘なんです」

きっと、今を逃《のが》したら次はない。ルキウスとここを一緒に出る。そんな未来を思い浮かべた時別れの寂しさは希望に変わり、エレナの中に迷いはなかった。

ルキウスが目を見開く。

レイが「随分勉強熱心だ、いいね」と呑気《のんき》な声を上げた。

「いいんじゃない？　僕としても同行させるのは賛成だね。相性がいい相手なら、暴走の抑制に繋がるのは間違いない」

「レイさん！」

「一緒にいさせるのが怖い？　でもね、君は自分が完全に獣化しなかったことを忘れちゃいけないよ。恐らく、それだって彼女のおかげだ」

レイが、ルキウスにぴしゃりと告げた。

「……相性がいい相手だから踏み止《とど》まれた、と？」

「可能性は大いにある。彼女がいることでいつ獣化するか分からない危機感だけでも解決するのなら、君の心労も減るんじゃないの？」

図星だったのか、ルキウスが考え込むみたいにシーツを握った手を見つめる。

「どういうことですか？」

「噛まれるくらい相性は良かった。そんな君がそばにいれば獣人族としては本能的な精神調和が取れて、獣化のリスクが抑えられる可能性があるってことさ」

そばにいることで彼の役に立てる。

エレナは、胸が何かを訴えるみたいに大きく高鳴るのを感じた。同行することに大きな意味があるのなら迷いはない。

彼と行きたい。外の世界に飛び出してみたい――。

「それに獣人族があまり知られていない国へ旅立つというのなら、危険回避策は取るべきだ。診察医の立場としても、彼女を同行させることをオススメするよ」

「えっ？　ここを出たら、外国へ行ってしまわれるんですか？」

思わず声を上げたら、ルキウスが困ったように笑い返してきた。

「この土地の伝承と類似《るいじ》している『狼男《おおかみ》』を調べに」

「あっ、あの遠い国の……」

以前、外国にも似たような話があると言っていた。すでに次に行く場所を決めたうえで、彼はバベスク村の『山犬男』を調べに来たようだ。

「しかしレイさん、僕の長旅に女性を付き合わせるというのも……」

「君も渋るねぇ。彼女のさっきの言葉、聞いてなかったの？」

「私は行きます！」

エレナが譲らないと言わんばかりに即答すると、レイが獣歯を覗かせて笑った。

ルキウスは迷うように目を落としたが、やがて躊躇いがちに彼女へ視線を戻す。

「それなら……同行をお願いしてもいいだろうか？」

「はいっ、もちろんです！」

エレナは迷いなく答えた。ここではガイドや草よけくらいしかできなかったから、少しでも彼の力になれる喜びの方が強かった。

「とはいえまずは二人共、今日のところは薬を飲んでゆっくり休みなさい。ご両親には、求婚痣の件については伏せて僕の方で説明しておくよ」

レイの配慮を有難く思った。傷跡はないにしろ、最低でも約三年は異性に身体を見せられない、と伝えられたらショックを受けるかもしれない。

そこで話し合いは終了となり、レイの手を借りて自室へと戻った。

「求婚痣を刻まれたら熱が出るから、夜の分の解熱剤と痛み止めを置いておくね」

「はい、ありがとうございます」

薬の飲み方を含め説明を受ける。そして、両親が様子を見に来ないように言っておくので、安心して休むといいと告げてレイは出ていった。

一人になった途端、たくさんのことが起こったような疲れがドッと押し寄せてきた。

そのままベッドに倒れ込んだ。肩が脈打つように鈍く痛い。すぐに重たくなった瞼《まぶた》をうつらうつらとさせながら、老人医師の言葉を思い返す。

『一晩経《た》ったら見てもいいよ。噛む深さによっては、治癒《ちゆ》にも個人差があるからね。若いお嬢さんを卒倒させちゃったら大変だ』

随分若々しい口調の変わったお医者様だ、という感想を最後に、エレナの意識は夢の中へと沈んだ。

見覚えのない小さな村、黄金の稲穂の海原を歩く夢を見た。

『《――に恵みを》。《――に安らぎを与えたまえ》』

何か、夢の中の自分が言っていた気がする。

遠い昔の預言者みたいに、命じるような確かな言葉を。

夜中に熱の苦しさで二度目覚め、薬を飲んだ。頭がすっきりしたように感じる起床を迎えた時には、窓の向こうには朝日が昇り始めていた。

痛みはもうなかった。早速、手早く服を脱いで包帯を解いてみた。

そこには大きな黒い紋様が刻まれていた。噛まれたのに、傷跡など一つもなくて驚く。

「これが求婚痣……想像していたよりも大きいのね」

てっきり噛まれた部分だけかと思ったら、花でも咲くみたいに首の下や腕にも紋様が覆いかぶさっている。

噛まれたとは思えないほど、美しい紋様が白い肌を飾り立てているのも不思議だった。

嫁入り前の白い肌に、濃く大きく咲いた柄。

両親だけでなく、村の女の子達も見たら『嫁入り前なのに！』と卒倒しそうだ。

でもエレナは、黒で描かれたその美しさを見ていると、どことなくルキウスの美しいブルーサファイアの獣目が浮かんで胸が弾んだ。

『悪く思っていないのか……？』

昨日、彼がとても心配そうに尋ねていた。

全然、とエレナは思った。決断に後悔なんてしていない。偶然にも知ってしまった秘密、知ってしまったら無視できない自分のお人好《よ》しなところ。この痣がきっかけで、ずっと後回しになっていた『夢』を実行する一歩を踏み出せた。

「――どうか、行かせてとお願いしよう」

望んではいけないかもしれないと思っていた願い。

エレナは「よしっ」と意気込むと、まずは湯浴みに取りかかった。

◆

階下に降りる前に、窓ガラスが振動したような揺れを感じた。何か身体に〝響く〟感じだったが、階段を下ったところで両親に無事だったことを安心されて頭から飛んだ。

「お医者様から話は聞いたけど、ルキウスさんを止めようとして転んだんですって？」

「もう傷はすっかりないのかい？　枝が肩にグサッと刺さったとか」

「ええ、大丈夫よ。ルキウスさんのおかげで傷が治ったの」

これは嘘《うそ》ではない。レイの話だと、求婚痣で噛んだ際に獣人族の唾液《だえき》が治癒へ作用するらしい。だからルキウスは舐めてきたようだ。

両親は先祖返りの存在は知っていたようで、レイから〝強く症状が出て獣のように暴れてしまう〟と説明されたようだ。ルキウスの事情を聞いて同情していた。

「治療策がなくいつ発作が起こるか分からないなんて、可哀《かわい》そうねぇ……エレナのあの声が自我を呼び戻せるなんて、素晴らしい偶然を感謝しなくてはね」

両親は、二人の無事を心から安堵《あんど》していた。

解熱剤と痛み止めのお礼をと思ったが、すでにレイは去ったあとだった。両親の話によると一泊分の料金を払ったのち、彼は薬代も取らず出ていったそうだ。

慌てて外へ出て追い駆けたら、もうどこにもいなかったのだとか。

現れた時も唐突だったが、馬車がないのに不思議だ。

けれどエレナは、両親の続く話に緊張してそちらを考えているどころではなかった、両親達は彼女の〝声〟がルキウスの助けになり、彼女自身彼を手助けしたいと思って共に出立しようとしていることもレイから伝えられたそうだ。

「お父さん、お母さん、聞いて。改めて話したいの」

エレナは真っ向から理解を得るべき、自分の口から改めて決意を伝えた。

助けになりたい、だから今日出発するルキウスに、自分もついていくつもりだ、と。

(十七歳の娘を旅立たせるなんて、反対されるかも……)

そう思って、閉じた口をきゅっとした時だった。

「お前がしたいようにしなさい。もう十七歳だ、自分で道を選べる。ルキウスさんについていきたいという思いが本心なら、心の声に従って彼を助けてあげなさい」

あっさり許可が出て驚いた。顔を上げると、父が微笑んでいた。

「でも……いいの?」

「旅立つことを止めると思ったのかい? 新しいことを知っていくのが喜びなんだろう? 本当は、一度でもいいから外に学びに行きたいと思っていた」

「……ええ、知らないことを知りに行きたいわ」

心が大人びる前、一緒に散歩をしながら『不思議な魔力の反応だなぁ』と試していた時、語った憧《あこが》れを覚えてくれていた父に涙腺《るいせん》が緩む。

「私達のことを気にして、ずっと後回しにし続けていたでしょう。この機会は、いいことだと思うの。ルキウスさんにならお任せできるわ。あなたの『夢』が変わっていないのなら、好きなことを学んでらっしゃい」

「お母さん……いつ帰ってこられるかも分からないのに、本当にいいの？」

「それでもルキウスさんと行きたいんだろう？　旅立つ娘に門限を設ける親はいないさ。ここはお前の実家だ、いつでも帰ってくればいい」

今日で『子供』を卒業するのだと急に実感が込み上げ、エレナは二人の愛情に胸を打たれて、両親と強く抱き締め合った。


両親と別れたのち、エレナは宿の二階のルキウスがいる部屋へと向かった。

「元気そうで良かった」

出迎えたルキウスは、こちらを見るなりホッとした様子で微笑んだ。すっかり身支度を済ませ、細々としたものを鞄の一つに詰め終わるところだった。

「ルキウスさんも、体調が良さそうで安心しました」

「僕はたぶん、君の何倍も頑丈でタフだよ。獣人族だからね」

ルキウスが小さく苦笑した。椅子《いす》を一つ引っ張ってきて「どうぞ」とエレナを座らせ、彼は向かいの椅子に腰かける。

　昨日、レイには休めと言われ、改めて今日話す約束をしていた。

「もし話を聞いて引き返したくなったら、言ってくれていいから」

　そんなことにはならない。エレナはむっとしてそう思ったが、どうぞ続けてくださいと話の先を促した。

「僕が学者になったのは、自分の獣化をどうにかする術を探すためだった。四歳の誕生日に獣化して以降、この問題に兄と二人でずっと向き合い続けている」

　彼は変身問題を解くため、自己推薦し国内外を忙しく転々と旅し続けている。

　先祖返りによる獣化は前例がなく、解決策だって未知だ。ティグリスブレイド伯爵の跡取りである兄と情報交換をしながら進めている。

　獣人貴族ティグリスブレイド伯爵家は、古代種の一族だ。

　ルーツになった種族は、大型の肉食獣となっている。

「僕の一族は、古代種の〝白虎《びゃっこ》〟だ」

「虎《とら》なんですね」

　彼の頭が獣になった時を思い返してみると、確かに大きな猫科にも思えた。

　するとエレナの表情を見て察したのか、ルキウスが軽く苦笑した。

「猫科ではないよ。完全に獣化していなかったからね。古代種の白虎は、君が知る虎とは恐らくだいぶ違っていると思う」

ルキウスは説明のために用意してくれていたようで、薄い図鑑を開いて見せてくれた。そこには化石などから推定された、古代種〝白虎〟の絵が描かれていた。

「……これが、虎……？」

エレナはにわかに信じられなかった。

ルキウスが獣の頭になった時よりも長い耳、大きな口からは弧を描く牙が長く出ている。ウエスト回りがやけに引き締まっているため、上半身は一層屈強にも見えた。

「幼い頃に兄に教えられたんだが、僕が獣化した姿とそっくりだそうだ。古代種白虎は上顎から刃《やいば》のように牙が伸びているのが最大の特徴で、脚力を増すために胴回りが締まっている。手足は速力のためにしなやかで長い」

解説はさすが学者といった感じだった。速力は同系統種の中でも随一を誇り、人の足では到底逃げ切れないという。

それを聞いて、エレナはぞっとした。

完全に変身しなかったことがどれだけ幸いだったか、昨日の二人の話がようやく実感できた。

「僕はできるだけ変身しないよう気を付けながら、旅をしてきた」

ルキウスが言いながら、鞄に最後の荷物のように本をしまった。

「精神面も起爆剤になると考えて、争い事だってできる限り避けた。しかし気を付けていても前触れなく変身する。襲われないというのも、あくまで憶測でしかない——僕は図鑑の〝化け物〟になる危険性を宿したままだ。……それでもついてきて本当にいいのか？」

改めて向き合い真剣に告げてきた。緊張感が漂うのを感じたが、彼の獣目を見れば心配しているのだと分かる。

「それでも私はついていきます。私は噛まれた時にも『そばを離れない』とあなたに答えました。怖くない、あなただから大丈夫なんです」

エレナは強く見つめ返し即答した。

「エレナ、君は……」

ルキウスがくしゃりと目を細めた。

「ルキウスさん？」

「すまない。変身を見られて、そんなことを言われたのは初めてで……でも本当にいいのか？もしかしたら故郷には長らく帰れないかもしれない」

「一人よりも二人ですよ。付き合えるところまで、とことん付き合います！　私は知りたがりの風変わりな娘と言われてきました。外の世界を見てみたいんです。たくさんのことを知って、触れて、学んでいきたい」

エレナは腹を割って話すべく、背を伸ばして微笑んだ。

「あなたが学者になった自分のことを話してくれた時、私は羨ましかったんです。もし叶《かな》うのなら、外の景色《けしき》を見てみたいと思っていたから」

「……そうか。今でもその思いは変わらないのか……」

納得した様子でルキウスが考え込む。

「え？　私、話しました？」

「君の両親に『もし今でもそうなら娘のことを頼みたい』と言われたんだ。実はレイさんが出る前に、ここで君の両親も交えて改めて話した。僕が全《すべ》て話したうえでそれでも君が行くと答えたのなら、旅立つ君にこれを渡して欲しいとも言われた」

ルキウスが後ろのベッドの下から箱を取り出した。赤い何かを腕に抱え持つと、エレナの手を取って立ち上がらせてから、丁寧に手渡した。

それはバベスク刺繡《ししゅう》が施された愛らしいローブだった。エレナの華奢《きゃしゃ》な身体に合うサイズで、紐《ひも》留めにはバベスク村の伝統的な守り石が飾られている。

「お父さんとお母さんが、これを……」

それは子供が村を出る際、親が一番目の門出《かどで》に手渡すものだった。大きな町に出ていった幼馴染達も、伝統的なこの赤染めのローブで旅立っていった。

『いってらっしゃい。幸運を』

そんな両親の声が今にも聞こえてきそうで、エレナは思いを噛み締めるようにローブを見つめ、それからそれを着た。

「よく似合ってるよ」

ルキウスの獣目が優しく細められたので、エレナはなんだか恥ずかしくなる。

「あ、ありがとうございます」

「気持ちは変わらない？」

「はい。学者さんはたくさん見てきました。でも、実際に学ぶ機会はなくて——知っていきたいです。ルキウスさんのサポートもできれば嬉しいです」

「そうか。じゃあ……研修生見習いとしてついてきてもらおうかな」

少し考えたルキウスが、そう提案した。

研修生とは、学院などに籍を置いている研修学生と違い、基礎学問の卒業資格を持っていない者が上級校の受験資格を得るため博士の元で実地教育を受ける制度だ。

見習いというのは、申請はなしの体験入門のようなものだ。

それなら『博士』であるルキウスに同行していても不自然ではない。

「研修生見習いなら、研修生への登録はすぐにできる。君が将来本気で学を目指したくなった時のためになることはしてあげたいしな」

真剣にルキウスは考えてくれる。

「研修生見習いも、研修生の基本であるレポート作りや分類分け、資料整理も学ぶけど、できそうかな？　そのサポートをしてくれると僕も助かるよ」

つまり、同行するにあたっての労働の提供だ。エレナはパッと目を輝かせた。

「任せてください！　面白そうですっ、やってみたいです！」

「ふっ――それじゃあ決まりだ。改めて、これからよろしく」

「はい！」

思わず笑みをこぼしたルキウスと、エレナは握手を交わした。

部屋を出る前に最後のチェックをした。他は全て馬車に積んであると言ったルキウスが、いったん鞄を足元に置き、最後の仕上げのように内襟に留めてあったブローチをマント付きジャケットの胸元につける。

（あ……瞳と同じサファイアだわ）

この土地ではほぼ見ることのない、美しい大きな宝石がはめられたブローチだった。

視線に気付いたルキウスが、軽く苦笑する。

「なんでもない旅学者がするには少々目立つから。防犯対策で普段は見えないようにつけているんだけど、これから出発するから――見る？」

「いいんですか？」

「うん、目が興味津々《きょうみしんしん》だったから。おいで」

好奇心を理解したうえでの誘いが嬉しい。ルキウスが手招きしてくれたので、エレナはお言葉に甘えることにして見せてもらった。

「綺麗ですね。ルキウスさんの瞳の色です」

「うん。僕の兄も同じ青い目をしていて、お揃いなんだ。離れて行動することになった時に、互いに贈り合った」

——離れていても、心はそばに。

大切そうにブローチを見つめているルキウスから、そんな想いが見えるような気がした。彼が『兄のいる王都にいたい』と口にしていたのと同じように、兄も一緒にいたかったのではないかと想像させられた。

荷物を持ったルキウスと一緒に部屋を出た。

「確か『狼男』の伝承がある遠い国に向かうとのことでしたが、いったいどこへ向かう予定なんですか？」

「行き先はエドレクス王国になる。僕がいったん『山犬男』を調べている間に、外交官になった兄が先に仕事であの国の『狼男』を調べておくことになっていたんだ」

彼らは伝書鷹《だか》で連絡を可能にしているようだ。それは王都で特別に調教された鷹で、どこへ行こうとそれぞれを見付け出して手紙を届けてくれるという。

獣化を解くためのヒントを見付けるために、外交仕事に就いたというのもすごい。

（きっと、それだけルキウスさんのことを大切にしているのかも）

待っている両親のもとへ向かう前に、準備していた自分の鞄を回収するため、エレナは彼を連れて住居スペースの廊下へ進む。

「エドレクス王国には、複数の変身物語が存在している。その国の王都は『書物の宝庫』と言われていて、ほとんどの伝承も翻訳《ほんやく》化されて集まっているんだ」

「それはすごいですね。聞いたこともない国ですし、随分遠い王国でしたら、いくつか国を経由する感じですか？」

歩きながら尋ねると、ルキウスがぎこちなく視線を脇《わき》へ逃がした。

「……その、途中で〝裏技〟を使うつもりだから、時間はだいぶ短縮できると思う。待ち合わせの時間をすでにスケジュールに組んであるんだ」

裏技？　スケジュール？

いったいなんだろうと思って、エレナは首を捻《ひね》る。視線を戻してきたルキウスが、申し訳なさそうに微笑んだ。

「ごめんね、これは秘密なんだ。その時には君に目を閉じていてもらう必要があるけど……いいかな？」

本来、獣化も『秘密』だとレイは言っていた。

よく分からないけれど、それならと思ってエレナは「はい」と答えた。

そして出発の支度をしてくれていた両親と挨拶《あいさつ》を交わし、エレナはもう一度抱き締め合ったのち、ルキウスと共に大型馬車でバベスク村を出発した。

三章　二人の旅

エドレクス王国へ向けての旅が始まった。

バベスク村を出て、近隣の村が接している山を迂回《うかい》するように国境方面へ馬車を走らせる。

「わぁっ、すごい眺め！」

こんなにも大きな山々だったとは知らなかった。

数日野宿しても大丈夫なよう、十分に荷物を積んだ大型馬車での旅路《たびじ》だ。見慣れた土地が離れるごとに見たこともない自然風景が目の前に開けて、エレナはわくわくした。

「町や人里を経由して行く」

御者席で二頭馬の手綱を引きながらルキウスが教えてくれた。

食料補充なども兼ねて、道中の町で滞在する。旅路も無駄にせず、調べられるところがあれば寄り道になったとしても立ち寄るという。

「その場所にしかない文献が読める、というのも強みだ。変身物語の原作、考察による解説で改訂《かいてい》されたものも資料として貴重だから、町で本を見繕うのも重要だ」

「それは面白そうですね。あっ……すみません」

彼は大変な事情を抱えての資料読みなのだ。

村では少なかった本を読めることに気軽な感想を言ってしまって、エレナは反省する。ルキウスが優しい獣目を向けてきて、小さく笑った。

「気にしないでいい。僕も楽しみながらやっている」

「そうなんですか？」

「長期戦だから、早く解決しないことに絶望するよりも、自分のためになることも一緒にやってしまった方が人生は充実する。楽しみがあった方が旅も順調にいく」

「はいっ」

彼の強い芯《しん》に胸を打たれて、エレナは前向きさをモットーに頑張ろうと心に決めた。

王都へ魔力検査を受けに行った時以来で、長距離の馬車旅には胸が躍っていた。夜に到着した町の夜景にも興味津々《きょうみしんしん》だった。

だが、ルキウスは少し浮かない顔だった。

馬車の世話もセットで行う空き宿を見付けたものの、カウンターで鍵《かぎ》をもらった彼は、苦渋の選択と言わんばかりの表情を浮かべていた。

「問題は、旅費の節約とはいえ同室なこと……二部屋空いている宿もあまりないから、選択肢もほぼない……」

「ベッドは二つあるのですから、大丈夫ですよ」

宿の看板娘であるエレナは、慣れたように階段をとんとんと上る。

「いや、そういうことじゃなくて……」

先導するエレナの元気な姿を前に、ルキウスが溜息《ためいき》をこらえた顔に手を当てた。

三階にある部屋を開けてみると、部屋は手狭だがベッドも二つあった。湯浴みと小さな支度部屋も付いている。

早速エレナは入室した。部屋に入った場所から、ルキウスが躊躇《ためら》いがちに眺める。

「同室のこと、まだ気にしているんですか？」

ローブを脱いで引っかけたエレナは、佇《たたず》む彼に気付いて振り返った。

肩に大きな荷物を背負ったルキウスは、言葉を考えるみたいに苦悩した顔になった。左右の壁に付けられたベッドを見て、それから改めてエレナへ目を戻す。

「君は……その、僕が怖くないのか？」

「怖くないですよ」

変身を気にしてそう尋ねているのだと思い、エレナはすぐ笑顔を返した。そばにいれば高確率で獣化は抑えられるとレイは言っていた。

もし彼が獣になろうとしたら、また全力で〝彼を守る〟つもりだった。

じわじわと頬《ほお》を染めたルキウスが、急にきびきびと動き出してベッドに向かう。

「そ、そうか。そう信頼されると嬉《うれ》しいような、男としてはあれなような……」

何やら言いながら、彼がローブをベッドの下部分の柵《さく》にかけた。ベルトにセットしていた調査道具の鞄《かばん》など、忙《せわ》しなくベッドの上に置いていく。

エレナも、持ってきた鞄を小さなサイドテーブルに置いた。

すると身軽になってすぐ、ルキウスが丈の長いコートの裾《すそ》を揺らして向かってきた。

「え……？　あの」

そのまま目の前で突然片足をつかれてしまった。

真面目《まじめ》な顔でルキウスに手を取られて、エレナは驚きに目を見開く。

「エレナ。君のことは、僕が全身全霊《ぜんしんぜんれい》で守るから」

「は、はい」

同室のことを言っているのだろうか、それとも旅のこと？

(まるで、特別だから守る、みたいな……)

そんなことあるはずがないのに、エレナは騎士みたいな彼に妙にどきどきさせられた。

◆

あの時ルキウスが、なぜ『守る』と真剣な顔で言っていたのか、旅が本格的に始まってから
エレナは分かったような気がした。
人の手が入っていない森の道もあるし、岩だらけの荒野の道もある。彼がついでに立ち寄る

古い遺跡は人が住んでいる場所ではなく――大自然の危険もたくさん溢《あふ》れていると、彼女は身をもって知った。

「ルキウスさん狼《おおかみ》ですぅぅぅう！」

その日、立ち寄った森の遺跡でエレナは涙目であらん限りに叫んでいた。

「そうかっ、匂《にお》いがするからそろそろかなとは思ってた！」

獣人族は、どうやら嗅覚《きゅうかく》も人族より優れているらしい。

でも危険を察知して予測していたのなら、事前回避していただきたい。研究熱心なのは尊敬に値するが、エレナは迫りくる狼の群れに今度こそだめかもしれないと思った。

「見たいものは見られたし、とりあえず逃げるかっ」

直後、突然ルキウスに担《かつ》がれてびっくりした。

「すまないっ、腰を掴《つか》んでいるが下心は全くなく――」

「それは分かってます！　そんなことはどうでもいいですから早く走ってくださいぃ！」

エレナは咄嗟《とっさ》に彼の頭を抱き締めた。来る際に彼女が作った雑草の道を、狼達が歯を剥《む》き出しに追走してくる光景が怖かった。

「エレナ、そのっ、そうすると胸が……」

「えっ？　なんです？　うわぁあぁ狼ぃ！」

「……いやなんでもない。もう少し力を入れて抱くが、ほんと変な意味はないから、しばらく我慢していて欲しい」

「我慢っていったい……ひえぇぇぇええ！」

彼が、崖《がけ》から飛んだ。

――ルキウスとの旅で、学んだことがある。

彼の走る速度は、獣を振り切れるほどに速いこと。そして崖からダイブして平気で着地するなど、エレナの常識からかなり外れた驚異的な身体能力も持っていた。

獣人族の学者様は、とにかく規格外で強くもあった。

ハプニングも場数も踏んでいるせいか、意外とこういった緊急事態にも慣れている。

（頼もしい。確かに心強い。でもそうじゃなくって……！）

「こ、ここここ今度は猪《いのしし》ぃいぃいぃ！」

二日後、エレナは先日同様ルキウスに担ぎ上げられていた。

「すまない、群れの住処《すみか》のど真ん中だったみたいだ」

「匂いで分かったのになぜ一直線に神殿に行ったの⁉」

アホなの、アホなんですかっ、またしても担ぎ上げられることになったエレナが叫び返すと彼が「えーと……」と目を泳がせる。

「……ここの神殿、深い谷の中にあって、実際に見られるなんて貴重だし」

「変身とは関係ないですよね⁉」

「いや、しかし民族信仰とは深い関連性があると、学会でも話題に――」

「ソレほんとただの寄り道ですよ！」

この旅で、ルキウスは根っからの学者なのだとも痛感した。

そして、やっぱり付いてきて良かったのだということも。

「ごめん、こうして誰《だれ》かと旅をするのは、やはり心持ち楽しくて」

自分を抱えながら走る彼が、照れたようにはにかむ。エレナは『私も』と言いたくなって結局文句は続かない。

村にいた時は、考えもしていなかった獣人学者との旅。

それはエレナの知る日常を木っ端微塵《みじん》に打ち砕きながら、幼い頃《ころ》に想像していた夢以上の興奮と、知らなかった感動と喜びをたくさん見せてくれた。

獣対策でゆっくり馬車を走らせながら、二人で見た満天の星空。水の補給で立ち寄った小さなオアシス。初めて見る町。そして出くわす騒ぎも全部、やはり彼女には全部きらきらと輝く出来事の連続だった。

野宿といくつかの町を経由したのち、国境寄りにある町シュゼレアに入った。

「シュゼレアは『学びの町』や『本の町』とも言われ、学者達がよく調査で通過する町として知られている学者街だ。周囲の村が合併して、今の大きな町に発展したという面白い歴史も持っている」

　大型馬車をゆったりと進めながら、ルキウスが言った。

　歩く人々の割合も学者っぽい人や白衣が目立ち、いたるところに本屋が並んでいるのもエレナには物珍しかった。

「でも、これから向かう『書物の宝庫』と言われているエドレクス王国には到底及ばない。文書の解読を依頼される国という特色もあって、世界中から献本も膨大にある。自国の本を合わせると、イリヤス王国の王都と周囲一帯が埋まるほどの書物数だと言われている」

「それはすごいっ！　学者様達にとっては夢のような国ですね」

「読書家にとっても、まさに宝庫だろうね」

　感心しきりで周囲の様子を見回していたエレナは、手綱で二頭の馬に指示を出し、右へと道を進めた彼の横顔を見上げた。

「エドレクス王国は、学者の人口割合も五大大陸トップとされている。教育がとても進んでいて、まさに『学者の国』と言ってもいいかもしれない」

「それもあって翻訳《ほんやく》の環境条件や、技術も進んでいるわけですか？」

「いや、実は『賢者の目』という特徴があるらしい。ようやく国交が始まったばかりで僕も風の噂《うわさ》で聞いた程度だが、書かれている文字を全《すべ》て〝読める〟のだとか」

『賢者の目』と呼ばれている者の存在は、国内で一パーセント以下だという。親から子へ遺伝されるようだが、かなり経《た》ってから生まれることもある。

「ルキウスさんは博識なんですね。複数の博士号もお持ちと言っていましたし」

ルキウスがハタと口を閉じ、頬を少し染める。

「えっと……いや、その、いろんな国を回る中で自然と情報も入ってくるというか……」

こうして時々恥じるように口をつぐむのも、獣化があって距離を置いていることが原因なのだろうと感じた。

旅に出てから、宿を取ったり馬車の世話を手配したり、話すことや人と接することに苦手意識を持っている印象はなかったから。

訪れる学者向けのたくさんの宿の中で、一室空きを見付けた。

いったん荷物を部屋に置いたのち、ローブを羽織ったまま再び町に出た。

「来て早速で悪いけど、まずはエベレー社の支社を捜さないといけない。そろそろ更新期日だ」

ルキウスは当然のようにエレナと手を繋《つな》ぎ、人の流れの多い中を進む。

迷子対策だろう。旅が始まっても、彼は村にいた時と同じく手を引いた。

「更新というと、何か契約を？」

「馬車の会社なんだ。あの長距離用の大型馬車も、王都に拠点を置くエベレー社のもので、予約を入れおけばスケジュールによってその町まで馬車を移動させてくれる。調査隊にとっても有難い会社だよ」

長らくレンタルしていると、専用車として預けてもらえる形になるのも利点だ。馬車代にまで達した場合には、保管費のみの支払いで済む。

馬車は道によって、変更したり乗り換えたりする必要がある。

そのため彼のような調査学者は、都度借りる方が便利だという。

「馬との相性もあるからね。慣れた馬、慣れた馬車だと僕らも旅がしやすい。僕も随分長く利用しているけど、まぁ、買い取った額で同容量の車体を壊したことが何度かあって……スムーズに似たような馬車を探してもらえるのもエベレー社が一番だ」

(それだけ厳しい道中だったということですよね……)

エレナは、ここに来るまでの物騒な害獣騒動が頭をよぎった。

それにしても、右を見ても左を見ても学者が多く目に留まるのも見慣れない。団体もいるようで、所属腕章をつけた集団移動も目立つ。

(本もすごく並んでいるわ)

通りに続く本屋のガラス窓に、つい目移りした。故郷の土地を出てから、本の環境に恵まれた町をメインに転々としているので立ち寄るのも本当に楽しい。

歩みがそれそうになると、手を繋いでいるルキウスがさりげなく戻してくれる。

それもエレナを安心させて、初めての土地でも心から景観を楽しむことができた。

「おや、ルキウスさん。見るのは数ヵ月ぶりですね」

建物に設けられた外用窓口で、支社員らしき青年が顔を上げて羽根ペンを回した。

「契約の更新ですか？」

「ああ、今回は少し長めで料金を払いたい」

「オッケー。すぐ書類を用意しますんでお待ちを。それにしても、今回はお連れ様がいらっしゃるんですね」

窓口の向こうで準備しながら、彼が愛想良くエレナにも垂れ目を向けてきた。

「ああ、研修生見習いなんだ」

「ルキウス博士が取るなんて珍しいですね。一人旅なんて寂しいですからね、良かったです。ルキウス博士とだったら、面白いものがたくさん見られるでしょう。お嬢さんも、どうぞルキウス博士と楽しい旅を」

「はい、ありがとうございます」

「少し話すけど、そこにいて」

紙とペンで手が埋まったルキウスに言われ、エレナはにこやかに頷《うなず》き返した。

建物は人の出入りも多かった。『予約』という紙が貼《は》られた二頭馬車を「それじゃあベルスさんの宿まで待っていきます」と声をかけ、慣れたように出ていく支社員らしき者の姿をエレナは目で追った。

（あら？　あれは何かしら）

馬車同士が、付き合わせた荷台の背を下ろして何やら広げ合っている。

耳を澄ませてみると、コートを着込んだ男性二人は「うちの本と交換しないか」という風変わりな商談をしていた。

（なるほど、同じ職業だからこそ成せる助け合いの技なのね）

宿に泊まっていった学者達が、本を交換していったのもその習慣から来ていたらしい。ルキウスも読み終わると数冊町で入れ替えていた。

物珍しくて、知らずしらずつい足が向かってしまっていた。

商談を覗《のぞ》き込んでいたエレナは、通っていく人の間から声をかけられて身を固くした。

「一人？　どこの会のメンバーと一緒に来たの？」

麦わら色のコートの男が見下ろしてくる。

いつの間にか、建物から離れてしまっていてルキウスの姿は人混みで見えない。そこで待っていてと言われたのに、好奇心で足が進んでしまったことを後悔した。

「いえ、私は団体で来たわけではなくて、一人でもなくて……」

「監督教授がいる研修学生じゃなくて、観光？」

言葉を急いで繋いでいる間にも、男が話を割り込ませてきた。

「なら、少し話さない？　俺《おれ》は二つも博士号を持っているんだ。勉強になる話もできるよ」

強引に肩を抱かれてギョッとする。男は話しながら歩みを促し、華奢《きゃしゃ》なエレナは押し流されるように建物からより離れる状況に慄《おのの》いた。

「お酒を飲んだら気分もリラックスするからさ」

「わ、わたっ、私お酒はっ」

怖くなって言葉がうまく出てこない。

「大丈夫だって。すぐそこにいいお店が――」

直後、男が呻《うめ》き声と共に少し頭を下げた。

「僕の連れなんだ、返してもらえるかな」

「ルキウスさんっ」

軽く手刀を落としたルキウスが、エレナの肩を抱いて引き寄せてくれた。知らない男性から彼の胸に抱きとめられて、ようやく体の強張《こわば》りが解ける。

「ここは学者の町だぞ、その胸のバッジはエズドラード名誉教授の学派のものだろう。あまり品位を落とすような真似《まね》はしない方がいいのでは？」

ルキウスが冷ややかに相手の男を見据える。

男は青ざめると、「そんなつもりで声をかけたわけでは」と苦しい言い訳をしながらも、返す言葉がなかったようで慌てて撤退していった。

（ルキウスさん、こんな顔もするんだ……）

男が去るまで睨《にら》み付けていたルキウスの顔は凛々《りり》しかった。エレナは、なんだかドキドキしてしまった。

「あの、ごめんなさいルキウスさん。私がよそ見をしていたばかりに」

「若い学士が多いのを忘れていた僕も悪い。君が無事で良かったよ」

直前の硬い表情が解け、にっこりと微笑《ほほえ》みかけられて体温が上がった。

しっかりとしたところもあるこの学者様は、ますます頼れる人だとエレナは感心した。

◆

馬車の契約更新も済んだので、いったん腹ごしらえをすることになった。

余計に目が離せない心境にでもなったのか、ルキウスが肩を抱いたまま移動したのが、エレナは少し恥ずかしかった。

(私、小さな子供じゃないんだけどなぁ)

彼と比べると随分『小さい』せいかも、と内心溜息を吐《つ》いた。

泊まる先々でも、十六歳以下の未成年に間違えられた。彼も保護者の心境で研修生見習いの指導をしてくれているし、はたから見ても大人《おとな》の男女と認識されないだろう。

いつもここに来たら立ち寄る食堂だとルキウスに紹介され、エレナは一緒に入店した。

足を踏み入れて驚いた。店内は男性客が席を占めていた。

「おぉっ、こりゃあルキウス博士じゃないか！」

気付いて見てきた一団の一つが、ルキウスを見て大きく手を振った。

「久しぶりだなぁ。しかもなんだ、ようやく助手を取ったのか？」

「ルキウス博士は弟子も取らないことで有名だし、研修生じゃないか？　ちっこくて可愛《かわい》い子だな〜」

カウンターへと向かう中、エレナへ伸ばしてきた男の手を、ルキウスが冷たい対応で叩《たた》き落とした。

「失礼だぞ。彼女は淑女だ、気安く触るな」

「えっ、マジかよ！」

「すまなかったなお嬢さん、てっきり未成年かと……」

興味本位で窺《うかが》ってきていた男達を、ルキウスが一睨みで黙らせた。淑女云々《うんぬん》は分からなかったが、やはり未成年に……とエレナは密《ひそ》かに落胆する。

「それから、僕の研修生見習いだから困らせるなよ」

「うおぉ、女性関係がめちゃくちゃ潔白なルキウス博士の庇護《ひご》下の時点で、そんな恐ろしいことするヤローはいない……」

全員がぶるっと震える。

ルキウスが背中を支えるように手を添え、エレナをカウンターへと導いた。

「ここで先に注文をするんだ。食べ終わった皿は、自分達であそこに戻す」

先程と打って変わって優しい声だった。

ひとまず彼がオススメだという定食を注文すると、ほどなくして料理が仕上がった。彼がエレナの分の盆もひょいと持った。

「悪いですよっ、私、自分で運びますから」

「随分混み合っているみたいだから、君の高さより、僕が持った方が安全だと思う」

「それは……確かに」

周りは男性客ばかりのうえ、エレナの持つ高さだとすれ違いざまにぶつけてひっくり返してしまう未来も予想された。

移動を始めてすぐ、初めに声をかけてきた男が「おーい」と手を振って呼んだ。

「俺達のテーブルに来いよ、席も二つ空いてる」

「くだらない話をしないのなら、行こう」

ルキウスが軽く獣目を細めると、同じ席の男達が「おぉ怖い」と声を揃《そろ》えた。

「随分過保護というか。まぁ女性の耳に入れられない話題はしない、誓うよ」

「お嬢ちゃん、こんな若いのに研修生を希望する見習いなのも偉いな。俺らはルキウス博士とは顔馴染《なじ》みの調査団なんだぜ。安心しな、悪い学者じゃねぇから」

「エレナから懐柔しようとするんじゃない」

「へぇ、エレナちゃんって言うのか――ああすまなかったっ、そういうのもなしなわけだな！」

いったいどんな目を向けられたのか、ルキウスが顔を向けた途端に近くの男達が全員慌てて顔の前で「しないから」と手振りで伝えてきた。

気のいい男達は、ルキウスの知り合いの学者達だった。王都にある団体に所属し、年に二回ほどは長距離の地質調査などに行くのだとか。

賑《にぎ》やかな食事席は学者話が飛び交い、エレナは聞いているだけでも楽しかった。

「あ。この鶏《にわとり》肉料理、美味《おい》しいですね」

ルキウスと一緒に食べ始めたところで、ハーブの初めての味付けに感動した。

「カトニシア領の大衆料理なんだ。気に入ってもらえて良かったよ」

「ハーブがまた香ばしくて独特ですね」

「そうか、君も料理をするから興味があるんだな――ああそうだ、僕の料理も味見してみるといい。こっちの玉子料理もオススメだよ」

ルキウスはにこやかに彼女に相槌《あいづち》を打った。しかし同席から上がった「おー」という声に反応し、またしても秀麗な眉《まゆ》を寄せた。

「あのルキウス博士が、子守りに長《た》けたパパみたいだ」

「誰がパパだ、僕は二十六歳なんだが？」

「いや～、壁を作ってる感じもあったか柔らかい表情が意外で――おっと、ところでルキウス博士は、最近王都に戻ったか？」

「半年前に君達に会って以降も、戻ってないよ。道中に新聞を得る機会は何度かあった。何か面白い話でも？」

　答えたルキウスが、口から獣歯を覗かせつつ肉料理を口に頬張った。

　見目麗しい顔をしているのに、意外と大きく口を開けて遠慮のない男らしい食べっぷりを、何度見てもエレナは飽きない。

「王都での面白い話と言えば、俺達が出発する時、狼総帥《そうすい》に『いい男を紹介してください！』と叫んでいる子がいてびっくりしたな」

「そうそう、あの狼総帥に話しかけるだけでも勇気がいるのによ」

「確かに。珍しい光景ではあるのかもしれない」

　ルキウスが少し考え、同意を示す。誰もが知っているようだが、エレナはきょとんとしてしまう。

「狼総帥……？　狼みたいなお方なんですか？」

　尋ねたら、彼らの視線が集まった。

「これは失敬した。狼総帥ってのは、狼の獣人で、最強だと言われている最年少の軍部総帥様だよ。ルキウス博士といるからてっきり近くなのかと思ったが、お嬢さんは、獣人族や貴族とも無縁の地にお住まいだったんだな」

「私は道中の村で居合わせて、ルキウスさんの研修生見習いになったんです」

「若いのに偉いな。数字を読んだり小難しい内容をまとめたり、大変だと感じないのか？」

「面白いと思います。ルキウスさんの論文の資料まとめのお手伝いも、知らなかった歴史を同時に紐《ひも》解けて楽しいんです」

元々学術書も読んでいたエレナは、一度ルキウスから手順を習えば、簡単な統計や資料まとめの手伝いはすぐできるようになった。

読んだことを記憶しているおかげだとルキウスは褒めていた。道中のサポートは有難がっていて、寝るまでに読書の時間も確保できたことを感謝された。

同行しているので、少しでも彼の役に立つ『仕事』もしたかった。

エレナも、彼と書類仕事を済ませたあとの読書は達成感もあって格別で、ご褒美のような彼との穏やかで心地いいその時間が好きだった。

知らないものを自分の目で見て、たくさん文章に触れるのも楽しい。

新しく覚えたレポート作りも、向き合っている時の思考さえ熱中できた。

「いいね！　面白いと言う人も一握りだ」

男達が盛り上がった。

「もし本格的に彼の助手を目指してみたいと思ったら、研修生よりもルキウス博士に直接弟子入りすればいい」

「そそ、なんと言っても王都でも一目置かれている若き名誉教授だ。この年齢で博士号の最多取得者としても有名だからな」

「えぇっ！」

男達が「やっぱり驚いたか」と楽しげに笑った。

「それを自慢するようなお方じゃないからな。本人は考古学の調査に加わって見事謎《なぞ》を解いたり、陛下から勲章を授与されて屋敷ももらったりしているのに、進んで王都を出るんだから不思議だよな」

一同が目を向ける。ルキウスは柔らかな苦笑を浮かべた。

「僕は今のところ、研修学生時代と同じように、現地へ行くのが性《しょう》に合っているから」

「ほんと風変わりなお人だなぁ。ご高齢のハビィ学長らも、あんたにはぜひ王都で腰を据えてもらいたいって散々言ってるぞ。何度説得を頼まれたか」

「頼られるのは有難いし名誉だ。でも僕は若輩者《じゃくはい》で――だからしばらく経験を積んで、ゆくゆく、考えておくよ」

ああ、嘘《うそ》だ。

エレナは、ルキウスから悲しい〝嘘〟を感じた。きっとそんなこと叶《かな》わないと、彼が思って口にしているのを察した。

（やっぱり王都にいたいんだわ……獣化の事情があるから意識して離れてる）

「ま、単独行動のルキウス博士が、研修生見習いを取ったことだけでも進展だな」

男が、フォークに刺した肉だんごを口に頬張った。

「それにしても、うら若き娘が研修生見習いで教えを乞《こ》うて同行とか、こんな可愛い子と調査の旅ができて博士はさぞ嬉しいだろうなぁ」

「嬉しすぎて時に君を困らせることもあるんじゃないか？」

同意した男達の視線が、全員より頭一個分以上も低いエレナへと集まる。

「そんなことはないですよ。いつも通りです」

エレナは苦笑した。

彼は、なんとも思っていない。当初は女の子なので気にしたものの、彼が全く異性意識はないようだと分かってもう気にならなくなった。

ルキウスは二十六歳だ。エレナは、十七歳には見えない平凡な娘。

馬車内で暖を取って一緒に寝るのも平気だし、いつも手を繋ぐのが何よりの証拠《しょうこ》だ。彼はエレナを子供だとしか思っていないのだろう。

◆

ルキウスは一緒にいるエレナのためにも、所々で甘味休憩を挟みつつ半日かけて学者街シュゼレアを回った。

甘いものを食べて至福を噛《か》み締めている彼女は、とても愛らしい。

普段は後回しにしてしまっていた休憩や間食も、彼女がいることによって『とらなくては』と意識して心の余裕も増した。

学者達との食事のあと、変身物語に関わる新しい書物の入荷がないか確認した。

伝承について新たに論文を発表した者がいると聞いて、入荷先の情報を得てとある本屋に立ち寄った。しかし探している内容とは大きく違った。

(思わしい情報は何もなし、か)

ひっそりと落胆が続く。

その店でも確認後に店内にいるエレナを迎えに行ったのだが、捜してみると、彼女は近くの棚で探偵小説に夢中になっていた。

「買うの?」

「はい! 私、これ買いますっ」

尋ねたら、即答だった。だいぶ前に発売され長らく続いているシリーズものの第一巻だったが、彼女には新しい世界が開けたようだ。

宿に泊まる客層を思えば、そういった物語に触れる機会がないことも頷ける。

ルキウスのように、本と聞けば片っ端から読むタイプの学者は、既に読了済みの有名なシリーズではあったけれど。

「僕も買う本があるから、一緒に買おう」

「えっ、でも悪いですよ。少しくらいならお金も持っていますから」

引き払う本があるので大丈夫だと言い、ルキウスはあっという間に本を買った。たった一冊の本なのに、手渡すとエレナは新芽の色の目を愛らしく輝かせて喜ぶ。その姿を見るたび沈んでいた心に太陽の光が注ぐのだ。

「ありがとう」

それがルキウスの新しい口癖になった。普段なら落胆を覚えて重い足を引きずって店を出るのに、エレナが来てからその流れさえ変わってしまった。

（あのシリーズは、兄さんも面白がって読んでたな）

帰る道のりでも本への期待が高まるエレナの可愛い話を聞きながら、ルキウスは学生時代を懐かしく思い出した。

同じ顔をした双子の兄シリウスは、意外とそういった物語も好きだ。

本人は読書家説を否定してくるが、ルキウスに劣らず本好きだと思う。

（……もし、今の事情がなかったとしたら、同じ場所で一緒に本を読んで過ごす光景もあった

のだろうか）

何度だって考えた風景の中、エレナも交じって三人でいる景色《けしき》を想像した。叶うはずもない夢の風景だけれど――。

不思議なことに、レイが言っていた通り獣化の兆候はいまだ出なかった。

ルキウスも、エレナがいることで精神的に調和が取れているのを感じていた。

求婚痣《あざ》を持っていることの効果もあるのだろうか。不思議なことに、嫌な出来事にピリッとしても、心が揺れても、彼女の声を聞くと途端に安定する。

「すごいっ、地学関係の意見まで求められるんですかっ？」

「これがこの町の支部で受け取った資料読み分。旅代にはなるから今日やってしまおうかと。空いた時間にしか読書はできないけど、いいかな？」

「任せてください！　まとめるのも慣れてきました！」

宿に戻って早々だというのに、「きっと読書時間も確保してみせます」とエレナは頼もしく資料まとめを請け負う。

ルキウスは旅先で密室に一緒にいるわけにはいかないと、これまで室内の作業ではサポーターを付けたことがなかった。しかし、エレナが手伝ってくれるようになってから随分と負担が減ったのを感じた。

彼女はマメで、用紙やインクなども気付いて補充してくれる。

今では、ルキウスが書き上げた論文を一つの冊子に仕上げ、封筒に入れる作業までバッチリだった。夜の作業中、先に彼女の方の手が空いたタイミングでココアを差し入れてくれるのも有難かった。

「ルキウスさん、放《ほう》っておくと水分を取るのも忘れそうなんですもの」

……当たっていたので、返す言葉がなかった。

夜の学者仕事はスムーズで、湯浴みを済ませたあとはゆっくり読書時間を取れた。

寝る前に本を読む日課は、二人の旅でも続行された。

エレナは本を読み始めると、夢中になって視線にも気付かない。隣のベッドから、ルキウスは本を片手に眺めることができた。

普段リボンでまとめているエレナも、就寝前には髪を下ろしていた。

思っていたよりも随分長くて、ナイトドレスで膝《ひざ》を立てている彼女の足元に、ブラウンの髪が広がっている光景は一枚の絵みたいで見ているのも飽きない。

文章を読むのが楽しいのか、時々彼女の新芽色の瞳《め》が輝いて、口元が笑う。

「……可愛いな」

ルキウスは立てた片膝に腕を置き、白い髪をくしゃりとして思わず呟《つぶや》いた。

彼女を見つめていると、ずっと胸は高鳴って、身体《からだ》はぽかぽかし続けてどうしようもない。

こんな風にときめいている場合ではないのにと、幸せな時間に浸っている自身に後ろめたさを覚えていると、エレナの大きな目がこちらを見てドキリとした。

「明日も早いですもんね。夜更かししないで寝ますっ」

声をかけようかどうしようか迷っている、と取られてしまったようだ。

なんて鈍い。

しかし彼が呟いてしまった声は聞こえていなくて、ホッとする。何より、明日も頑張ると追って伝えてきた彼女の仕草が、可愛い。

(男冥利《みょうり》に……とは、この状況を言うんだろうなぁ)

エレナと過ごせる時間は幸せすぎて、そんな思いを抱いている自分を蹴《け》り飛ばしたくなるのだが、やっぱり居心地がよくて。

「おやすみ、エレナ」

「はい。ルキウスさん、おやすみなさい。また明日」

この瞬間もひどく愛《いと》おしい。噛み締めるように口にしたことがバレませんように、といつも祈っていた。

こんな風に『おやすみ』と誰かに声をかけて、確かな約束のように『また明日』と言われるのも、随分久し振りだった。

背を向けてしばらくも待たないうちに、隣のベッドから小さな寝息が聞こえ始める。今ではすっかり安心して、エレナはすぐに眠りに落ちた。

それをしばし聞いたあと、ルキウスはいつものように上体を起こす。

「……はぁ。こんな狼をそばに置いて、安心しちゃだめだろ」

全く眠れそうにない目に手を押し付けて、溜息を吐く。

エレナにとって、自分は年上の保護者枠な大人であるらしい。初日からなぜか一方的に絶大な信頼感を持たれ安心されていた。

でも、ルキウスは二十六歳の男だ。エレナが考えているような〝大人〟ではない。

「気になる女性が隣に寝ていて、なんとも思わないわけがない……」

ぐぅと呻く。ルキウスは、十七歳だと言われる前も、知った後だって彼女を『子供』と見たことは一度もなかった。

真新しい看板に気付いて宿を訪ねた時、カウンターから小走りで出てきたエレナの姿を見た瞬間、その愛らしさに心臓を鷲掴《わしづか》みにされた。

人見知りではないのに、いつもみたいに言葉が出てこなくなってしまうくらい緊張した。

可愛い、愛らしい。それから、可愛い……。

頭にいっぱいになった言葉に、自分自身でも困惑した。たまたま相性が良かった。だからこれは魂で惹《ひ》かれ合うような、そんな運命の相手ではない、はずで――。

いけないと思って、きっと気のせいだと思おうとした。

年齢だってだいぶ離れている。

それにルキウスは〝そんな普通の恋なんて望めない〟身だ。

けれどエレナを見るたび、彼女の〝匂い〟を嗅《か》ぐたび、笑いかけられるたびにルキウスの胸は彼女でいっぱいになった。彼女の前でだけ人見知りみたいに挙動不審になってしまう事実からも――好きであるのを、認めざるを得なくなった。

『ルキウスさんの目は、宝石みたいにきらきらしていて綺麗《きれい》です』

あの時、エレナに言われた言葉を思い返すだけでニヤケてしまう。

褒められて嬉しくならないオスはいない。目が綺麗だと言われた時に歓喜と、獣人族と暮らしていない彼女に獣人に対する苦手意識がないことへの安堵《あんど》を覚えた。

人族と違いすぎる獣目だけでなく、顔も素敵だと言われた。

腕を触ってくれた時の彼女の反応も悪くはなくて、体格も気に入られるのではないかと浅はかな期待まで抱いてしまった。

一喜一憂《いっきいちゆう》するたび、自分もちゃんとオスだったんだなと思った。

これまで女性に目を向ける意識さえなかったし、求愛相手を探そうなんて考えてもいなかった。異性にそういったドキドキを抱いた経験はない。

でも、エレナは違った。

ひと目見た時から、ずっと胸は恋に焦がれ続けている。

「求婚痣を付けて、そばに置いている形だなんて……ずるいよなぁ」

月明かりが差し込む部屋の中、ルキウスはベッドの上で座り込み、隣のベッドで眠るエレナの方を眺める。

彼女が他《ほか》のオスのもとに嫁ぐことを考えた瞬間、理性が飛んで獣化しかけた。

あれは事故だったが、結果として無理やりの形で求婚痣を刻んでしまった。レイが叱《しか》ったのもそのためだ。

プロポーズなんて、できる身ではないのは自覚している。

それなのに――自分の求婚の証《あかし》が咲いた彼女の紋様が少し見えるだけで、ルキウスの胸は罪悪感が負けるほどに高鳴り、身体は本能の熱を灯《とも》す。

「……見せて、なんてとてもじゃないが言えない」

ナイトドレスの襟《えり》から、ほんの少しだけ見えるエレナの求婚痣を見つめる。

とても見たい。見たくてたまらないでいる。だが合意で付けた求婚痣ではないから、さすがの彼女も肌を見せるのは躊躇うはず。

愛らしい寝顔だ。安心してそばで眠られていると、よこしまな想像が一つか二つくらい頭に浮かんで余計熱に悩まされる。

「……健康的な男子としては、結構ぐらぐらするんだよなぁ」

これも、エレナと出会ってから知ったことだった。今夜もなかなか眠れそうにない。

◆

翌朝、人の行き来が多くなる前にシュゼレアを出た。

岩道をしばらく大型馬車で走ると、次第に緑が見え始めた。

「《草達、車輪のための道を開けて》」

人の手が入っていない道も、エレナが声をかけるだけで、二頭の馬と車輪のために負担のない一本の道を作った。

森に入って少しもしないうちに、左手の景色が開けて澄んだ湖が広がった。

「わぁっ、綺麗ですね！」

水面は、すっかり高くなった日差しをきらきらと反射している。

「秋と春の方が透明度も高くて、一番見頃だからね」

明るい森の中、湖の景色に沿って草原が開けた。

博士の印が入った懐中時計を確認した彼が、手綱を引いて二頭の馬の足を緩やかに止めた。

「兄と待ち合わせた頃合いも考えて、ここからこのまま一気にエドレクス王国まで行こうと思っている」

言いながらもルキウスが御者席を降り、エレナに両手を差し出してくる。

いつもながら慣れない丁寧さだと思いながら、彼女は彼の手を借りて降りた。

「以前言っていた『裏技』というやつですか？」

地面に降り立ったところで、両手を取ったまま真っすぐ彼を見上げた。

「うん。詳細を教えてあげることはできないんだ、ごめんね」

ルキウスが申し訳なさそうに微笑む。

「大丈夫ですよ。『秘密』なんでしょう？」

「助かるよ。……それじゃあ、目を閉じていてもらえる？」

「はい」

エレナは素直に目を閉じた。繋いだままの手から彼の強張る反応が伝わってきて、気のせいでなければ、「くっ」と呻きが聞こえた。

「どうかされましたか？」

「いや……寝顔よりもキて……」

彼が何か呟いたが、次の瞬間強烈な突風が吹き抜けてきた。

驚いたが、ルキウスがすぐ背を支えて庇《かば》ってくれたから怖さはなかった。

（いったい何？）

風はすぐ止《や》んだ。目を閉じたまま疑問符を頭にいっぱい浮かべていると、一人分の足音が耳に入って馬が嘶《いなな》いた。

「まったく、君は僕を便利な配達屋だとでも思っているんじゃないだろうな？」

突如、降って湧《わ》いたみたいに人の声がして驚いた。

「すみません。今度またおじい様の方に美味しい御礼を持たせます」

ルキウスが苦笑いをもらす吐息が聞こえた。

「甘党としては楽しみの一つだが、レイじい様がつまみ食いしないで僕にくれたことはないのが問題だな。ま、いいさ。治せない〝僕ら医者〟の落ち度でもある。君は僕らの患者だ。少しくらいなら他の誰よりも気にかけてあげよう」

「ありがとうございます」

「行き先は、先日兄の署名もあったスケジュール通りで間違いないか？」

「はい。変更はありません」

不意にまた風が起こって、まるで巨大な翼がはばたくような音がした。

馬が興奮して鳴く声がする。

「どうどう、僕を忘れたか。落ち着け。悪いが少し眠らせるぞ」

ゴトン――すぐそこにあった馬車が浮くような振動を感じた。

同時に、ルキウスが抱き締めてきてエレナは心臓がはねた。顔を彼の胸板に押し付けられパニックになった直後、硬い何かにすくい上げられ足が地面から離れる。

（え、え？　何？）

しかしエレナが戸惑っている暇もなかった。

「僕も患者を待たせている身だ。最速で飛ぶぞ」

「申し訳ないですが、よろしくお願いします」

「いや、久し振りに国外まで翼を伸ばせるのは気分がいい。意識が飛んでもしっかり掴まっていろよ」

（……つまり意識が飛ぶような『裏技』なの？）

ひくっと喉《のど》が鳴った瞬間、ゴォッと耳元で風が鳴ってエレナはものの見事に意識が飛んだ。


頬を撫《な》でるそよ風を感じた。

「――レナ。エレナ、大丈夫？」

優しいルキウスの声が耳に入って、エレナはハッと目を開いた。

大型馬車と森の中にいた。見回してみると木々の葉は深い緑で、空気の匂いだけでなく地形も変わっていた。

「……何が起こったのか、さっぱり」

いつの間にか御者席に乗せられていて、夢でも見ていたのだろうかと困惑する。

手綱を握ったルキウスが、柔らかな苦笑を浮かべた。

「色々とすまない」

「いえ、大丈夫です。言えないんですよね。分かってます。ただ頭がついていかないだけなんです……この際考えない方がいいんでしょうね」

なんとなく口にした解決方法だったが、彼が馬を進め始めながら意外にも賛同してきた。

「いい案かもしれないな。せっかく外国に来たのだから、そちらに意識と思考を向けた方が、君にとってもタメになると思う」

「え、外国っ?」

「うん。ここはエドレクス王国内のパリダリティ領、ノイス樹海。そして、向こうに見えるのが王の城がある、王都バイエンハイムだ」

「え……?」

ルキウスの指差す先には、見たこともない大都会の街並みの一角が見えた。

四章　エドレクス王国と瓜《うり》二つのお兄様

エドレクス王国は、イリヤス王国からかなり離れた国だ。

国土は十分の一にも満たないほど小さい。アーレ族、バヒリニア族、スレン族といった複数民族が一体となって建国した歴史を持つ。

その特色もあって、今でも少数民族の一部には開国をよしとしない内向派もいる。

「大切にしている地元の文化や民族伝統が失われる、と懸念を抱いているみたいだ」

そう説明してくれたルキウスは、王都に入る前に前髪を下ろし、フードを深くかぶった。つい最近協定が結ばれたばかりの遠い国なので、獣人族を知らない者が多い。

それを見たエレナは、すぐに自分もローブのフードをすっぽり頭に下ろした。

「君は別にいいんだよ」

気付いた彼が、手綱を操りながら目を向けてくる。

「お揃《そろ》いであれば、寂しくないでしょう？」

エレナは歯を見せて笑った。事情を知っている旅の同行者として自分なりに力になりたかった。一人だったら怪しまれるけど、二人ならきっと平気だ。

「お揃い……そうか、そうだな」

ありがとう、どこか噛《か》み締めるような声でルキウスが微笑《ほほえ》んだ。

王都バイエンハイムは、宮殿跡地が利用された美術館や大図書館なども多くあった。近代的な巨大建築仕様も、イリヤス王国の王都とは大きな違いを感じた。

「すごいっ。道のどこもかしこもが綺麗《きれい》です」

「公道を頑丈なコンクリートで覆っているところや、伝統技術で組み合わせて石が敷き詰められた通路も特徴的だからね」

大型馬車を進めるルキウスが、賑《にぎ》わいに声が紛れないよう少し身体《からだ》を傾けてそう言った。

「教育だけでなく、本の保管への意識で建築技術もずば抜けて高いのも特徴だ。国民達にその意識はないようだけれど、この大陸では国土は下から三番目ながら、教育、技師、生産速度が共に最高水準で国家保存の対象になってる」

「国家保存？　それはなんですか？」

「優先的な財政的な支援の他《ほか》、戦争が起こった場合は戦禍《せんか》が及ばないよう援軍が国境の守護に当たる。国々も戦争をしかけない暗黙の了承みたいなものがある」

「へぇ。それはすごいですね」

さすがは学者だ。エレナは、感心しきりで改めて街並みを眺めた。

「見ても分かる通り、精工で技術の高い建物群さえ文化財産の宝庫だ。技術の発展も、どの国よりも進んでいる。国交がある国々が貴重書物の保管場所としているのも、戦争から除外された土地だからだ」

大通りでは、警官隊が馬車専用道路の交通規制を行っていた。その案内に従って停車し、ルキウスも再び馬に合図を送って馬車を進め出す。

「そして御覧の通り、ここは『学者の国』と呼ばれている。同大陸からは、留学生もよく訪れるらしい」

確かに、右を見ても左を見ても学者風の人々が目立った。特徴が違う服装を見ていると、各国からも学者が集まっていることがよく分かる。

「ここでは、兄さんが調べてくれたエドレクス王国の〝変身するタイプの伝承〟の情報をもらう予定なんだ」

「そういえば、外交のお仕事で先に来ているんでしたね」

「兄さんには今日あたりには入国すると手紙を書いて送ってあるから、近いうちに返事があると思う」

兄は外交で訪れているので、迷惑にならないよう滞在は長期間を考えているという。

「書物の宝庫だ、僕も最大可能時間でできる限り調べて見て回りたい」

王都は、国の中で一番書物が集まっている『情報の宝庫』だ。

あらゆる国が読解を依頼していて、各国の逸話や伝承の翻訳《ほんやく》版も揃えられている。彼にとっては、もっとも魅力的な調べ先だろう。

「捜しているのは次の宿ですか？」

旅もこなれてきたエレナは、ルキウスが地図を片手に眺めるのを見て尋ねた。

「うん。城に近い方がいいかなと思って」

城？

一瞬疑問を覚えた。しかし久し振りに見た前髪を下ろした彼に、出会った頃《ころ》が随分前のような新鮮な気分を覚えてしまった。

顔が分かった今、横から見てみると顎《あご》のラインも整っているのがよく分かった。日差しで毛先の色が違って見える髪からは、整った鼻梁《びりょう》が出ていて、引き締まった首には男を感じさせる喉仏《のどぼとけ》もしっかりあって――。

「博士としての活動証明のためにも、次の学会には出席しなければならなくてね」

考え込んでいたルキウスが地図から顔を上げる。エレナは我に返り、彼が見つめてきた時には素早く座り直していた。

「そうだったんですねっ。とすると、それに合わせて帰国を？」

「うん。それまでには王都に戻れるスケジュールで帰国を考えているよ。それでも最長で半月は押さえているから、時間は十分あると思う」

ルキウスは「まずは宿だな」と地図に目を戻す。

「さすがは学者の来国も多い国、宿もいくつか種類が分かれているみたいだ。観光案内所で教えてくれるようだから、そちらへ向かってみようか」

その時、不意に馬が嘶《いなな》いてエレナは驚いた。

馬の興奮に気付いた瞬間、ルキウスが素早く手綱を引っ張って馬の足を止めた。前足が高く上がって、周りにいた学者達が驚いたようにざわめく。

「頭を上げるのは苦しいだろうが、少し辛抱してくれ……！」

馬の興奮を鎮めようとして、ルキウスが引く手に力を入れる。少しの間二頭の馬は唸《うな》るような声を上げていたが、間もなく呼吸も落ち着く。

二頭の馬が前足を地面について、エレナはホッとした。

だがしがみついていた馬車から身を起こしたところで、前方に立つ一人の男に気付いて目を見開いた。

「……え？　ルキウスさん？」

思わず名前を呼んでしまったのは、その人の顔が『ルキウス』だったからだ。

すると貴族の衣装に身を包んだ彼の、濃く艶《つや》やかなブルーサファイアの獣目が、喜色を浮かべた。

「ルキウス！　やっぱりここだったか。〝匂《にお》い〟がしたから辿《たど》って正解だった」

勝気な表情で笑いながら走り寄ってくる。

同じ顔であることに驚いていると、ルキウスが呆気《あっけ》に取られた溜息《ためいき》をもらした。

「兄さん……まったく、行く先々で真っ先に来るのはどうかと思うよ。来て大丈夫だったの？」

「問題ない。元気そうで何よりだ」

ルキウスのいる側から御者席を見上げ、男が美しい笑みをにっこりと浮かべた。

(顔は瓜二つだけど、着ている衣装や表情のせいで別人だと分かるわ……)

相手の眩《まぶ》しい笑顔に対して、ルキウスは控えめながら疑いの眼差《まなざ》しを向けた。

「本当かな。どうやって抜けてきたのか説明してみなよ」

「急きょ外の用事を入れて、その外出先で『十五分だけ頼む』とザガスに押し付けて抜け出してきた。少しなら時間を取れる」

「結局は飛び出してきたんじゃないか、ザガス君が可哀《かわい》そうだ」

ルキウスが額に手を当てて呻《うめ》く。ぽかんとして双方を忙《せわ》しなく見比べているエレナに気付き、紹介した。

「ああ、ごめんね。僕の兄のシリウスだ。獣人族は鼻が利くとは以前に教えたけど、特定の人物の匂いも嗅《か》ぎ当てられる。それで兄さんは僕らを見付けられたんだ」

「え、と……双子、ですよね？」

「うん、そうだよ――あ、もしかして言っていなかったかな」

確認されてこくんと頷《うなず》くと、ルキウスが「それは申し訳なかった」と苦笑いで頬《ほお》をかいた。

「紹介にあずかって光栄だ。早速だがいいかな？」

同じ顔のきらきらとした男が、待ちきれない様子で口を挟んできた。

「僕は彼の兄で、シリウス・ティグリスブレイドだ。まさかルキウスに同行者がいるとは思わなかったが……こちらの女性は？」

来た当初は弟ばかり見ていたのか、エレナを見つめるシリウスの鮮やかさがある美しい獣目には、驚きが含まれている。

ルキウスは事情を説明していなかったのだろう。躊躇《ためら》いを見せた。

(獣化の途中で噛んだ、なんて一緒に頑張ってきたお兄様になかなか切り出せないことよね……どうしよう、ここは私の方から『ルキウスさんは悪くない』と説明をして)

そうエレナが思った時、ルキウスがきゅっと唇を引き結んで兄を見据えた。

「――実は、僕が獣化しかけて噛んでしまったんだ」

彼が誠実にそう切り出した。エレナは心配して咄嗟《とっさ》に彼の横顔を見たが、その真剣そうな雰囲気に口をつぐんだ。

(なんでも二人で共有して頑張ってきたから、きっと嘘《うそ》を吐《つ》きたくないんだわ)

尊敬し愛している兄だからこそ、正直でいたいのだろう。

このあと、もし弟想いの兄に『噛まれる前にどうして逃げなかった』と非難されても、受け止めようとエレナは覚悟した。

ルキウスがいったん馬車を路肩に停《と》め、二人で御者席から降りてシリウスと向き合った。内緒話のような声量で、これまでの経緯が全《すべ》て話された。

聞き終わるなりシリウスが見てきたので、エレナは咄嗟に詫《わ》びる。

「ご、ごめんなさ――」

「そうか、よかった！」

頭を下げようとしたら、謝罪の言葉にルキウスの朗《ほが》らかな声が重なった。

「え……？」

「君は僕の弟の『求婚痣《あざ》』を持っている。つまり、そういうことなんだろう？」

シリウスが、嬉々《きき》としてルキウスへ確認した。

ルキウスは前髪に半分覆われた顔を手で覆い、長く息を吐いた。

「……察しがよすぎるのも困ったな。彼女はレイさんの説明を聞いてもピンとはこなかったようで、黙っていてくれると助かる」

「なるほど、分かった。なら僕も配慮はしよう」

兄弟だけに分かるやりとりがあったようだ。

二人の目が戻ってきたかと思うと、エレナはシリウスににこっと微笑みかけられた。

「遠いところまで一緒にありがとう。今度は君自身から名前を聞いてもいいかな？」

「あっ、お兄様初めまして。私はエレナ・フィルと申します」

「そうか。改めてよろしく。おっと、弟の手前だ、手を握るのは遠慮しよう」

手を差し向けてきたシリウスが、おどけたように言って腕を下ろした。

（ルキウスさんと会えたのが嬉《うれ》しいみたい）

目元はルキウスと違って厳しい印象だが、弟と話す彼は溌剌《はつらつ》としていた。いかにも貴族といった感じで緊張したが、弟想いないい兄であるのは分かった。

「少し時間がある。情報共有をしよう」

シリウスの案で馬車の中に乗り込んだ。彼は向かいの座席に一人で、エレナは手を引いてくれたルキウスと並んで座った。

「時間がないから、手短に言う。僕の方は『おおむね順調』だ」

足を組んで早々、シリウスがルキウスに分かるようそう答えた。

「嬉しい反面、文献が多すぎることが問題だな。読む時間が圧倒的に足りない。それから『狼男《おおかみ》』は有名すぎて原作から改稿版まで作品数も幅広い。複数の地方に由来があるらしい
――もしかしたら本当に〝数人の狼男がいた〟のかもしれないが」

時代も違う中で『狼男』が時々発生したということだろうか。

話を聞くルキウスは、同じく生真面目《きまじめ》な雰囲気で顎に手を当て熟考している。

「そうか……僕が調べた『山犬男』は、手紙で送った以上のことはなかったよ。ただ」

ルキウスがエレナを見たので、シリウスが気付いて問う。

「なんだ？」

「さっきは詳しく話せなかったんだけど、実は……」

ルキウスは、頭が獣になったが途中で獣化が解けたことを説明した。

レイの考察まで手短に伝えられると、今度はシリウスが思案顔になった。

「――相性がいい相手、か。だから暴走が途中で止まったとも取れる。が」

「『が』？　何か他に気になることでも？」

「自我がないのに、お前が彼女の言葉に反応したという点がどうにも気になるような――いや、考えをまとめる時間だってない、次にまた話そう」

シリウスが上げていた足を床に下ろした。

車内で向かい合って座る二人は、背丈も鏡合わせだ。ルキウスが前髪を下ろしていなかったら、エレナの混乱も強いままだっただろう。

「お前が読みたがっていた『狼男』の、一番よく知られている物語の古典原本がエレッジ大学院の図書館にあるのが確認できた。近日中に許可証を取っておく」

「ありがとう兄さんっ、覚えていてくれたんだね」

「当たり前だ、僕はお前に『読ませてやる』と約束してここの外交を担当したんだぞ」

シリウスが、美麗な顔に勝気な笑みを浮かべた。

（そんなことで外交を担当してしまえるお兄様も、すごい……）

だが、そんな感想は「また連絡する」と言ったシリウスの言葉でしまいになった。

短い話し合いはお開きとなり、三人で揃って馬車の外に出た。

「──またな、ルキウス」

ほんの少しだけ寂しげに笑ったシリウスの姿は、あっという間に人の波に紛れていった。

その表情が、なぜだかエレナの目に印象的に残った。

「さて、僕らはまず宿を決めようか。馬車も駐《と》めたし、ちょうどこの近くに観光案内所があるから、先に手早く宿のことを尋ねに行ってみよう」

ルキウスが手を差し出してきた。

「あの、嗅覚《きゅうかく》で捜せるんですよね……？　それなのに、いいんですか？」

エレナとしては安心できるが、迷惑だし手間じゃないのかなと心配になる。

「僕が手を繋《つな》ぎたいんだ、と言ったら君は困る？」

「えっ？」

「子供っぽいかもしれないけど、はぐれなくても済むし、それに……君の姿が見えなくなるのを想像したら、気が気でなくて」

優しい彼なりの言葉だ。特別な意味に誤解してしまいそうになったのは、エレナがときめいたせいだろう。

「ごめんね、だめかな？　僕のためにも手を繋いで、だなんて」

「ううんっ、だめだなんて全然！　私もルキウスさんと手を繋ぐの、好きなんです。だから嬉しいです」

エレナは素早く彼の大きな手を握った。これからは、手を繋ぐことだって遠慮しないだろうと思った。

近くだという観光案内所へ向けて歩いた。

学者風の男達が多い通りを進みながら、景観を眺める。

「まずは滞在拠点になる宿を見付けよう。荷物を置いたら周囲の道を把握がてら、一番近い一般公開向けの図書館の方まで歩いてみて」

そう行動スケジュールを口にしていたルキウスが、街灯の角を曲がったところで「あ」と声を上げてエレナを見下ろした。

「でも君は、本よりも観光がいいかな。今日は色々と見て回るには時間が足りないけど、それなら明日は付き合うよ」

「え？　……私のために、時間をくださるんですか？」

学者にとっては、宝の山みたいな書物の都《みやこ》だ。目を丸くするエレナに、ルキウスが照れ臭くなったみたいに視線を前に戻した。

「えっと、僕としてもこの場所を楽しみたいというか……。君と少しでも、休憩みたいに観光もしたい気分なんだ」

一生懸命言葉を紡いでくれようとしている彼に、実直さが窺《うかが》えた。

「学者になったきっかけは〝例の事情〟だけど、僕は本当に学者職が向いていて。こういう気持ちは初めてだからうまくは言えないけれど、本もとても魅力的だが、その、君と見て回る時間の方が、何よりも今の僕の好奇心を満たしてくれるというか」

なんてことを躊躇いもなく言う人だろう。

エレナは、頬をかきながら不器用にも胸の内を伝えてくるルキウスに頬を染めた。

彼はようするに、エレナとの時間を楽しんでいると言っているのだ。これまで一人で旅をしてきたルキウスが、同行者がいることを喜んでくれている。

(予想外の『秘密の共有』だったけれど、一緒にいられて、良かった)

エレナは、きゅっと手を握り返して彼の横顔を覗《のぞ》き込んだ。

「嬉しいです。私、外国は初めてで、ルキウスさんとゆっくり歩きたいなと思っていたんです」

ハッとしてルキウスが素早く視線を返してくる。顔の上部分はフードと前髪に覆われていたけど、見て取れるくらい火照《ほて》っていた。

「君も、僕と歩きたかった？　ほんとに？」

「はい。私、ルキウスさんと一緒なら図書館でも書店でも嬉しいんです。村には本が少なかったから、とても楽しいです」

あなたといるから、どこでも楽しいのだ。

旅立ちからの初めての風景も、出来事も、何もかも輝いて見えるのは、彼と時間を過ごしているからだとエレナは気付いた。

彼が喜んでくれているのだと分かったら、喜びを覚えた。

どうしてこんなにも自分の中が彼でいっぱいになるのか、エレナには分からない。

「そ、そうか。なら明日はゆっくり観光をしよう」

ルキウスの手の体温が上がって、彼が顔をそむけながら袖《そで》で頬を拭《ぬぐ》う。

「はいっ。楽しみにしています」

近くにあった王都の観光案内所は、外国から来た学者達でごった返していた。並ぶ列が混まないよう整理券が配られていて、その間に観光向けの王都の地図が手に入ったのは大収穫だった。

それは散髪屋からカフェまで細かに描かれ、大変進んだ案内地図で分かりやすかった。

「広い道のほとんどは、路肩に停車場のスペースが取られています。お二人様がお駐《と》めになった道の方も問題ございません。営業時間外の駐車だけ原則禁止されておりますので、ご注意ください」

担当してくれた窓口の女性職員が、そう説明してくれた。治安維持のため、夜間は所定の場所での保管が義務付けられているらしい。

条件に見合った空き宿を教えてもらったのち、馬車を取りに戻って移動した。

観光案内所経由で宿泊が可能となっているその宿は、五階建てで、唯一空きがあった最上階からの眺めは素晴らしかった。

見慣れない異国の風景は、歴史と最新建築が調和して壮大な風景美を作り出していた。

夕食まで時間があったので、予定通り周辺の道を確認しつつ外出した。

やはり道はどこも綺麗に整備され、馬車が難なく行き交えるようになっていた。

歴史的建築物の保存のため、宿屋、アパートメント、図書館やカフェなどで再利用されている場所も多くて景観はどこもかしこも優美さがあった。

◆

翌日、観光がてら王都を見て回ることになった。

エドレクス王国の王都、バイエンハイムは書物の保有数が国土一となっている。学者とその機関が、もっとも集まっている大都会だ。

交通手段も多く、誰《だれ》でも利用できる高価な黒塗りの王都馬車がひっきりなしに行き交う。

「なんだかこうして見てみると、せかせかしている雰囲気もありますね。うわっ」

目の前から二台の王都馬車が続けて通りすぎていった。つい首を伸ばしていたエレナを、ルキウスが繋いだ手でそばに引き戻してくれた。

「危ないから、そばから離れないで」

「は、はい」

ルキウスが言いながら、自然と繋ぎ直した手の絡め具合に心臓がはねた。腕まで引き寄せられ、密着具合が気になって仕方がなくなる。

くっ付いているルキウスに頬が熱くなった。フードをかぶっていてよかった。

（一瞬、デートみたいだと感じてしまった）

そんなことはありえないので、自分の勘違いにも恥ずかしくなった。彼にとってエレナは九歳も年下の子供枠だ。

彼が一時でも悩みを考えず、純粋に観光を楽しみたいと感じてくれているのは嬉しい。

エレナ自身も、寝る前からわくわくしていたことだ。

「今日を楽しみましょうねっ」

気を取り直して声をかけると、ルキウスが目元を隠した前髪を揺らして見てきた。

「そうだね。僕も楽しみなんだ」

そう言った彼の口元がほころんだ。

エドレクス王国の王都は、大きな建物で溢《あふ》れていた。

至るところにお洒落《しゃれ》に設置されている案内板も優《すぐ》れ、地図を見ればピンポイントで行きたい場所を捜せるのも素晴らしい。どこへ進んでも迷子にはならなそうな安心感が、二人の足を気楽に進めさせてくれた。

大学や図書館の数が目立つのも、不思議な光景だった。

「うわーっ、とても大きいですね……！」

外国の学者達が観光でよく訪れるというバックファー王立図書館も、貴族の施設みたいでエレナは口をぽかんと開けた。

後日立ち寄る予定のそこを、ルキウスと並んで眺める。

「バックファー王立図書館は、バイエンハイムの名物としては一、二を争う。敷地面積、蔵書数も国内一の規模を誇る大図書館だと言われている。旧バックファー宮殿が増改築されたこともあって、建物内外の観光客だけというのも多いそうだよ」

「よくご存じですね」

「事前に情報は集めていたから、分かるのは当然だよ」

ルキウスはくすぐったそうに褒め言葉を受け取ったが、つらつらと説明できるくらい頭に入っていることは、すごいことだとエレナは思った。

(見たことがないものや、知らないものを知ることが本当に好きなんだ)

彼にとって、先日口にしていたように『天職』なのだろう。エレナも知らない風景を見たり、知識を増やしていくことが好きだったから気持ちはよく分かった。

「あそこは明日、本を見繕いながら入ってみよう。かなり大きいから、たぶん数日かけないと館内と蔵書分類は把握ではないだろうな」

一緒に歩き出しながら、数日で把握できるのかな、とエレナはちょっと考えてしまう。

「ルキウスさんには本が大事ですから、分類の方を巡った方がよさそうですね」

「初めは館内を見るのをメインで回ろう。観光がてらいいと思うんだ」

提案をあっさり断られて、目をぱちくりとした。

「本ではなく？」

「僕も歴史的建造物には興味があるし、エレナもこういう大きな観光名所は初めてで気になるだろう？　だから、まずは入館したら一緒に回ろう」

繋いだ手をきゅっと握って、彼が頭を少し屈《かが》めて微笑みかけてくる。

訪れる先々で、こうして観光も味わわせてくれる彼の優しさが、またエレナの胸をいっぱいにした。

『一緒に』

いつもかけられるその言葉が胸に沁《し》みた。

置いていったりしない。いつでもそばにいる。それは、知らない土地で不安にさせないためでもあるのだろう。心配もあるのだと思う。

それでも、エレナのためにそうしてくれる彼の気遣いが、嬉しい。

「はいっ、楽しみにしています！」

手を繋いだままバックファー王立図書館をあとにする。

次の目的地は、まで決めていない。

異国の都会の景観を楽しみ歩いた。大学の近くになると、ロングコート姿の学者も一層多くなった。観光なのか、国柄の違うローブを羽織っている者の姿も目立ち、エレナ達がいても違和感はなかった。

その時、売り子の大きな声が通りに響いた。

「イリヤス王国の外交官様が、また国内の問題事を一つ終結させたらしいぞ！」

異国の地のど真ん中で、突然聞き慣れた自国の名前が出て驚いた。

「バリスの衛生環境の改善に大注目だ！　さぁ号外だよっ、買った買った！」

ただの新聞の売り込みだったらしい。胸を撫《な》で下ろしたエレナは、胸の動悸《どうき》が落ち着いた拍子にハタと気付く。

（……ん？　イリヤス王国からの外交官って）

思い浮かんだのは、昨日会ったルキウスの、きらきらしていた双子の兄だ。

「あの、ルキウスさん。一ついいですか……？」

新聞売りを眺めていた彼が、「ん？」と優しい声で言ってエレナを見下ろした。

「お兄様は、イリヤス王国からの外交団の一人なんですよね？　何人の方々がいらっしゃっているのですか？」

「外交官は兄さん一人だよ。補佐に一人が同行して、二人で来ている」

エレナが「え？」と言ったら、ルキウスも言葉を繰り返してきた。ふと気付いた様子で、

「ああ」と顎に手を当てる。

「言ってなかったかもしれないな。兄さんは国賓として、協定後の第一外交で来ているんだ」

まさかの新聞記事になるほどの人だった。

エレナは、ひゅっと息を呑《の》んだ。ルキウスは思い返しつつ平然と言う。

「今回は、イリヤス王国の獣人貴族と人族貴族から一名ずつ代表が選出されているんだ。ティグリスブレイド伯爵家の跡取りである僕の兄と、もう一人の公爵令息が来国してる。末姫と行動を共にしているらしくて、それで余計に目立っているみたいで」

「末姫！」

「あ。それから、兄さんは外交大臣補佐で、次期外交大臣に内定しているよ」

「まさかの次期外交大臣様!?」

なんてとんでもない人と話したんだろう。貴族で外交官だとは認識していたが、次期外交大臣だなんて雲の上すぎる存在で慄いた。

（あ。でもお兄様は、元々その地位は目指していなかったわけで……）

彼は伯爵家の跡取りであるのに、外交官という難しい職へ進んだ。次期外交大臣に指名され

るほどになったのは、結果としてのことなのだ。

「……とても優しいお兄様なんですね」

ただひた向きに頑張っている。幼い頃から獣化に向き合ってきたこの兄弟は、互いをとても大切にしているのだろう。

そう思って微笑みかけると、ルキウスは照れたように頬をかいた。

「うん。世界で一番、僕に甘い兄でもあるよ」

彼がはにかみながら、隠さずそう言った。

鼻から上が隠れてしまっているけど、きっとすごく嬉しそうな顔をしているに違いない、とエレナは思った。

(私がどんなに頑張っても、その表情は引き出せないんだろうな)

彼はとても兄が好きなのだ。ちょっぴり悔しくて、少しだけシリウスが羨《うらや》ましくなった。

正午の荘厳《そうごん》な鐘の音を聞いたのち、エドレクス王国名物の料理を堪能《たんのう》した。歩いて見て回りながら、甘い食べ物で休憩も時々挟む。

この国の大都会は、何もかも規模が大きい。馬車も行き来しやすい道、ゆとりあるスペースには休憩所のようにベンチや噴水などが設置されていた。

「水路の技術もすごいですね」

「緻密《ちみつ》に計算されての都市設計は、かなり高度だ。見事に歴史的な建物を残しながら近代設計されている。噂《うわさ》だと、地下通路もあるんじゃないかと言われているよ」

貴重書物を運搬するための厳重通路。上で建物に何かあったとしても、最重要書物が守れるよう地下空間で保管されている説も噂されている。

「ほとんどが金庫管理らしいから、本当かどうかは分からないけどね。それを読みたいと申請を出したあとでしか用意ができないことを、来国した学者が皮肉交じりで言ったのが始まりかもしれない」

「『今日すぐ見たいのにっ』、と駄々をこねた？」

「ふっ――まぁ、そういうところかな」

ルキウスが軽く吹き出した。

そんなに真似《まね》したのが似ていたのだろうか。エレナは彼が笑顔になってくれたのが嬉しくなって、繋いだ手を振って言う。

「私の演技、そっくりでした？　ふふっ、学者様もそうやって駄々をこねる方がいらっしゃるんですね」

「いや、それは単に君の演技が可愛《かわい》くて……じゃなくてそっくりだった、うん」

はぐらかすようにルキウスが口元に軽く握った拳《こぶし》を当て、説明する。

「この国の貴重本は、かなり細かくランク分けもされていて、閲覧者も限定されている。各国から学者も訪れるから、貴重本の予約待ちも珍しくない」

「冊数が限られるものだと、ゆとりをもって滞在した方がいいんですね」

「そうなるね。翻訳版が出回っているものだと、公共の図書館で僕らでも自由に読むことができるんだが――」

その時、外套《がいとう》を着込んだ紳士達の声が、向こうから二人の間に飛び込んできた。

「君達足元をごらんっ、そこも噴水の一部だよ！」

「水撒《ま》きもかねて平坦《へいたん》になっているんだ、だから――」

直後、水が細く噴き出した。

ルキウスが慌てて手を咄嗟に引っ張ったが、エレナのローブに水がばしゃんっと半分かかった。

「つ、冷たい……！」

向こうで貴族らしき男達が「あー」と言いながら歩き去る。

水が染み込んでいく冷たさに震え、エレナは濡《ぬ》れたローブを急いで脱いだ。手伝ってくれたルキウスが、脱がせた直後に顔を真っ赤にして離れた。

「ルキウスさん？　どうかしたんですか？」

「……あの、その」

ルキウスは口を手で覆い、周囲の目を気にした様子で左右を素早く見た。それから、非常に言いづらそうにローブを持った手で指差す。

「しゃ、シャツの濡れたところが透けて、肩紐《ひも》と……その、紋様が見えてしまっていて……」

透けないように重ねて着ているただの肌着だ。

エレナは「なんだ肌着か」と安心した。確認してみると、水を吸った部分のシャツが肌に貼り付き、肩を中心に広がっている求婚痣の一部が見えてしまっていた。

「このくらい大丈夫ですよ。たぶん少し離れたら見えない程度の透け具合ですし」

「いや、そうじゃなくて、改めて見るとガッツリ噛んだなというか……」

ごにょごにょとくぐもった声が聞こえて、エレナは目を上げた。

「いや反省はしてるっ。噛んでしまって本当にごめんっ。女の子だから、大きな紋様が入っているのは気になるよね、ほんとすまなかった！」

「いいえ？　綺麗で、素敵だなって」

エレナは、彼の慌てっぷりを不思議に思いながら答えた。

そのままの姿勢でルキウスが固まった。みるみるうちに赤くなっていく。

「……そ、そうか。綺麗、か」

彼が顔の下を手で覆いながら言った。視線を逃がし、少し考えるように黙り込む。

「じゃあ、その……見せてもらうこととか、できるのかな」

ぽつりと聞こえた言葉に、エレナは新芽色の目を見開いた。

反応を察知したのか、彼がものすごい速さで見てきて慌てて手を横に振った。

「いやっ、その、獣人族の求婚痣は一族ごとに違っているんだけど、個人差もあって、僕は自分の紋様はまだ見たことがないから気になったというかっ」

なるほど。獣人族の歴史も調べている学者としては、自分の求婚痣も気になるらしい。

「つまり見てみたいんですか？」

「そのっ、……君がもしよければ、僕は、見たい」

言葉を詰まらせたルキウスが、白状するみたいに消え入る声でそう言った。

異性に肌を見せることに抵抗を覚えたのも一瞬だけで、彼に『見たい』と言われて緊張も吹き飛んでしまった。

(綺麗だと、彼に教えてあげたいわ)

エレナは見るたびに綺麗だと思っている。噛んでしまったことを何度も謝ってくるルキウスに、本当に平気なのだと、実際に見せて伝えたくなった。

「いいですよ」

「えっ？　いいのか？　でも、君が本当に嫌なら」

「ルキウスさんになら全然平気です。着替えるついでですので、見てください」

大丈夫だと伝えたら、なぜか彼が耳まで真っ赤になった。

「それなら、お言葉に甘えて……そ、そうだっ。このままじゃ少し寒いだろうから、僕のローブを羽織るといい」

彼が慌てて自分のローブを脱ぎ、エレナの肩からかけて身をくるりと包んだ。ほかほかと暖かくて、足元まですっぽり隠れてしまう。

「あの、私が着たら引きずっちゃいますよ」

「後ろの裾《すそ》は僕が支えるから、大丈夫」

ルキウスがローブを持っていない方の手を、不意に背へと回した。ローブの裾を少し上げるみたいにエレナの身体ごとぎゅっと抱き寄せる。

突然の密着で、エレナは「ひぇ」とか細い声が出た。

「戻ろう」

ルキウスはこの密着も平気らしい。普通に歩き出す彼と共に足を進めることになってしまったエレナは、内心はどぎまぎしていた。

(か、彼が恥ずかしがるタイミングが分からない……！)

慣れているのか、それとも彼にとっては普通の親切なのか分からなかった。

身体が冷えて風邪《かぜ》を引いてしまっては大変だからと、ルキウスが路肩で客待ちをしていた王都馬車を使った。友好的なバイエンハイムの馬車業者は、防水シートを敷けば問題ないからと言って宿まで送ってくれた。

部屋に入ったルキウスが、落ち着かない様子で前髪を両手で上げ戻した。

エレナは早速濡れたローブを抱えて脱衣所に入った。

濡れてしまった服を半分脱ぎ捨て、それからシュミーズの胸元に足まで隠れるようタオルを巻き付けた。これなら、肩に入った紋様を全部見ることができる。

「お待たせしましたっ」

意気込んで脱衣所を出た直後、窓辺に立っていたルキウスがのけぞった。

「そ、そんな恰好《かっこう》をするなんて……！」

まるで女の子みたいな反応だと思った。少なからず緊張もあったエレナは、その一声で張っていた気も抜けてしまった。

村では足を隠せばいいと教えられた。祭りの民族衣装も、肩と腕が出るものだ。

「すみません、肩を出すくらいなら村では普通でしたので」

もしかしたら、身分がある女性はしない恰好だったのかもしれない。そう思って驚かせたことを反省しつつ、彼のベッドにすとんっと腰かけた。

すると、ルキウスがいよいよ困惑が極まった顔をした。

「隣にどうぞ？　座った方が見やすいかなと思って」

にこにこと促すと、彼が苦悩した顔で逡巡《しゅんじゅん》するように間を置いた。やがて額を手で押さえ、溜息をもらした。

「分かった。椅子《いす》は一組しかないし、ソファもなかったからそうなったんだろうなとは理解した。ただ、今後のために一つお願いをしてもいいかな」

「はい、なんでしょう？」

「男性のベッドに座るのは、なしだ。それから、そうやって僕以外の人に肌を見せないようにしてくれ。いいね？」

向かってくる彼が、どこか真剣な様子でそう言ってきた。

「分かりました。ルキウスさん以外には見せません」

もちろんそのつもりだったエレナは、信頼たっぷりの笑顔で頷いた。ルキウスは納得というより、嬉しそうとも取れる顔をした。

彼が遠慮がちに隣へ腰を下ろした。ベッドが少し沈んで、ぎしりと音を立てた。

「それじゃ……見るよ」

「はい」

わざわざ律儀《りちぎ》にも確認を取ってから、彼が白い髪をさらりと頬に落としてエレナの白い肩を見下ろした。

まじまじと見つめられて、エレナは今になって少し恥ずかしくなり視線を正面に逃がした。

「……これが、僕の紋様なんだな」

触れない代わりにと、じっくり凝視されているように感じた。彼の眼差しや唇を艶っぽく思ってしまうのは、俯《うつむ》きがちのせいだろう。

「えと、その……とても綺麗でしょう？　だからルキウスさんは、後ろめたく思う必要なんてないんです」

胸元のタオルの結び目を手で押さえ、こうしてでも伝えたかったことを口にした。

「そうだね。君の肌に付いているからこそ、綺麗に見える」

穏やかな声が降ってきて、エレナはドキリとした。

歯の浮くような台詞《セリフ》に体温が上がった。先程抱き寄せられた時にも思ったけど、彼は恥ずかしくないのだろうか。

(貴族ってそうなのかしら？)

ルキウスがそっと手を伸ばすのを感じた。彼女は急に緊張がピークに達して、咄嗟に視線を返して声を出した。

「皆さん紋様が違うとおっしゃっていましたよねっ。ルキウスさんのお兄様は同じ一族ですけど、特徴は似ていても違う感じなんですか？」

ルキウスが、そっと距離を置くように座り直す。

「そうだよ、全く同じにはならない。同じ一族でも〝咲き方〟は違う」

求婚痣の隅々を見ているのか、そう言いながらも彼の視線はまだ肩のあたりに留《とど》まったままだった。

（咲く、か）

その言い方が、なんだかいいなとエレナは思った。

「レイさんも言っていた通り、僕らは礼儀としてまずは小さく噛む。その時に刻まれるのは、求婚痣の紋様の端のあたりだとは聞いた」

「仮婚約の求愛の痣、でしたっけ」

「うん。人気の令嬢令息だと、複数手に付けていることもある。でも求婚痣を研究していた学者の話によると、小さな求婚痣では元の形を推測することはできないらしい」

「じゃあ、大きなものを見られるのは、噛んだ本人にとっても貴重なんですね」

それで見たがったのかも、とエレナは熱心な学者であるルキウスを思った。

自分の肩を覆いかぶすような大きな紋様を見つめた。中心は花のような紋様が描かれ、そこから広がるようにして黒い線が伸びている。

事故で刻まれ、消えるのを待つ予定で、密《ひそ》かに彼の仮婚約者として登録された。

消えるから大丈夫だと、医師のレイも言っていた。それを思い返したエレナは、白い肌に刻まれた黒い紋様をそっと指先でなぞった。

「長くても三年以内には消えるんですよね。消えちゃうと思うと、寂しいです」

知りたかった外の世界を見せてくれたきっかけ。秘密を知って、こうして旅についていけることになったルキウスとの結びつきのように感じていた。

毎日見ていたからか、なくなってしまったらと思うと残念な気持ちが込み上げるのだ。

ルキウスが、肌を撫でるエレナの指の動きをじっくり見つめた。

「――消えるのなら、もう一度噛みたいなとは思うけど」

「え?」

考え事をしていて聞き取れなかったエレナは、視線を戻して驚いた。

いつの間にか、すぐそこにルキウスの顔があった。彼の美しい獣目は熱を宿し、寄せられた口が少し開いて獣歯が見える。

「ルキウスさん……?」

だんだん近付いてくるのを不思議に思って尋ねた途端、彼がハッとして頭を素早く起こした。

「なんでもない、すまなかった」

「え、でも今何か――」

「君は早く着替えてきた方がいい。室内の空気も冷えているから、身体の芯が冷えてしまったら大変だ」

慌てた口ぶりで言いながら、彼はタオルを握っていない方のエレナの手を取って立たせ、腕に手を添えて行動を促した。

変ねと思ったものの、確かに肌は冷えてしまっている。

エレナは着替えを取ると、再び脱衣所へ入った。上半身の下着まで湿ってしまっているのに

気付き、この際なので一式全部着替えることにした。

手早く身支度を整えて、部屋へと戻る。

「お待たせしました。ルキウ、ス、さん……？」

なぜかルキウスがベッドに座り込んで、真っ赤な顔に手を押し付けていた。

「どうしたんですか？」

「いや、その……僕ら獣人族は耳もいいから、どこの服を脱ぎ穿《は》きしているのか音で想像されて分か……耳を澄ませていた僕が悪い。すまなかった」

もごもごとくぐもっていて一部早口の部分が聞き取れず、なんで謝られているのかも分からなかった。

エレナは、顔を一向に上げないルキウスが心配になった。隣に腰かけようとして、彼が先程言っていたことを思い出す。

「ねぇルキウスさん、隣に座ってはだめ？　私、あなたが心配なんです」

気遣う声で質問してみたら、逆効果だったみたいにルキウスの頭がもっと沈んだ。

「……このタイミングで『だめ？』の台詞は、ちょっときつい……」

「え？　きつい？　もしかして体調が悪かったりします？」

「そうではなくて、体調がすこぶるよすぎるせいで想像力が、だな」

さっきから、彼が何を言っているのか分からない。

エレナは隣に座ることを断念し、ルキウスの顔が見えるように、正面にしゃがみ込んで覗いてみた。

「なんだかパニックになっているみたいですよ。落ち着きましょう?」

「……そんな風に見える?」

「ええ、見えます。このまま観光を再開するのは難しそうなので、できれば混乱している理由とか、落ち着く方法があればお話ししていただけたらな、と思っています。私、ルキウスさんと休日の観光を楽しみたいです」

彼はかなり渋った様子だったが、エレナが本音で伝えるとようやく顔を上げてくれた。

直前まで伏せられていた彼の顔は、真っ赤になっていて驚いた。恥ずかしくてたまらないみたいだった。

「……実は、今、君にとても撫でてもらいたい気分だ」

「え?」

打ち明けられた『方法』が意外すぎた。

「困らせてしまってごめんっ。僕も自分で何を言っているのか分からないんだが、もう無性に君に頭を撫でられたくてたまらなくて、落ち着かせてくれるならして欲しい、かな」

言葉が詰まるくらい恥ずかしいのに、羞恥《しゅうち》を覚悟で打ち明けてくれたのだから、相当彼自身困っているのかもしれない。

獣人族は、半分獣の性質も持ち合わせている種族だ。

「え、と……確か動物って、落ち着きたい時にも撫でられたがりますよね？　もしかしてそれですか？」

「た、たぶん」

ルキウスが首から耳まで赤く染めて、曖昧《あいまい》な返事をしながら頷く。

（動物が撫でられたいのは、信頼している相手……）

動物的な行動が彼の心に直結していることを考えると、今は撫でられたいくらい信頼してくれているのだと思って、エレナも顔が熱くなった。

「お……落ち着かせるための協力ですよねっ。なら任せてください！」

立ち上がり、目の前にいる彼に両手を差し出した。エレナは獣人族である彼の理解者として協力し、支える心構えでここにいるのだ。

「獣人族の習性なら恥ずかしがる必要はないですから、どーんと来てください！　これまで交流を避けて経験がないせいで、ルキウスさんは恥ずかしいと思っているだけっ。それは獣人族にとって普通にある健康的な反応です！」

ルキウスが、ぽかんとした顔でエレナを見つめた。

「……君、結構勇者だなぁ」

「見直しました？　さっ、動物みたいに頭を撫でなですればいいんですよね？　私、村で日頃から接し慣れていますから、安心してお任せを！」

意気込みを見せると、ルキウスがふっと苦笑をもらした。

「分かった。任せよう」

彼が撫でやすい位置まで頭を向けてきた。

ようやく笑顔が見られて安心したエレナは、彼の白い髪をくしゃくしゃとかき混ぜるように撫でてみた。

毛先の色味の印象が変わる彼の白い髪は、ほどよく硬さもあり、女性である自分のものとは違う柔らかさもあって癖になりそうな触り心地だった。

「このくらいですかね？　それとも万遍《まんべん》なくより、横の方を撫でた方がいいですか？」

「横、かな」

うーんと考えてルキウスが答えた。

「心地はいかがですか？」

「うん、いいよ。ありがとう」

「気のせいでしょうか。なんだか面白がってません？」

声が笑っていると気付いて、エレナは手を動かしながら彼の顔を自分に向けた。

「そんなことはないよ。獣人族として、落ち着いてきてる」

ほんとだよとルキウスは追って言ってきたけれど、彼の表情は笑いを含んでいた。

動物の習性で確かに気分がいいらしい。つい先程まで変だった彼が、今は楽しそうにしているのが良くてエレナも結局は笑って許したのだった。

◆

たっぷり観光を楽しんだ翌日から、本腰を入れて図書館巡りが始まった。

まず訪れたのは、エドレクス王国一と呼ばれているあのバックファー王立図書館だ。内観も素晴らしくて、初日は館内の美しさに魅了され多くの時間歩いた。館内の残りの風景は、書物を確認しながら網羅していった。

話しながら見ていく時間も十分にあったし、エレナには観光日の延長戦のようにも感じた。

バックファー王立図書館をメインに、変身物語に関する蔵書の情報を探しては他の図書館や施設も回った。

確認する書物の量は膨大で、時間が足りないと感じるほどだった。

エレナは調査資料をまとめるのに腕が鳴ったし、ルキウスも本領発揮《ほんりょうはっき》だと言わんばかりに要領よくどんどん調べものをこなしていった。

「私も見習いたいわ！」

「えっ、僕の夜更かしは真似しない方がいい。それから深夜の大量のココアとか、クッキーを咥《くわ》えたまま書き物をすると手元によく落ちるし」

そうじゃない、と言いたかったのに、宿の部屋で肩にコートをかけて机にかじりついていた彼が、びっくりして振り返ってきた顔がおかしくて言い逃《のが》した。

さすがは学者がもっとも多い国だ。学ぶ学生のための書物もたくさん置かれていて、夜に読む本を借り、読書の合間にルキウスに家庭教師のように知識を補足してもらい、新しい見解が広がるのも楽しかった。

面白いのは宿の部屋で話に華を咲かせていると、出窓に置かれた観賞用の花が時々エレナの声に反応したことだ。

花は時折、聞いて楽しんでいるみたいに左右に揺れた。気持ちが入ってしまったのだとルキウスにバレバレで、恥ずかしくて、けれど彼女もいっしょに笑ったのだった。

そして来国してから数日後、彼の兄シリウスから鷹《たか》で連絡があった。

エレッジ大学院の近くで待ち合わせることになり、午前中に大型馬車で向かった。

「許可証だ。それから、これが僕の服」

馬車に乗り込んできたシリウスは、挨拶《あいさつ》もそこそこにルキウスへ手早く荷物を渡していく。

それをエレナは目を丸くして見つめていた。

「ありがとう兄さん。お目当ての書物を実際見られるのは楽しみだけど……やっぱり煌《きら》びやかな服は苦手だなぁ」

「お前は僕と同じ顔をしているんだから、似合わないわけがないだろう。自信を持て」

「そういう意味じゃないんだよ。僕の性格的に、兄さんみたいにするのは無理というか……」

「昔からやっているだろ。僕のふり、頑張れよ」

それを聞いて、エレナは自分の推測が間違っていなかったことを確信した。

「ええぇっ！　ルキウスさんがお兄様になりすまして入館するんですか!?」

思わず身を乗り出して叫んでしまった。向かいの座席で前髪を上げたルキウスと、本日も見目麗しいシリウスの顔が同時に向く。

（あ、やっぱり瓜二つの顔……じゃなくてっ）

「本気ですか？　身分証があるということは入館チェックもあるんじゃ……!?」

「そうするつもりだけど。入館チェックだってもちろんあるよ。ここは関係者以外立ち入り禁止で、貴重本はより閲覧制限が厳しいんだ」

「読みたいのなら彼が僕として入館するしかない。昔からよく入れ替わっているんだ。ご覧の通りそっくりだから、誰も気付かない」

隣で足を優雅に組み直したルキウスが、親指で弟の方を差した。全くもって問題なしという構えで、続いて弟の方を見やる。

「さっさと着替えろ。時間は有限だ」

兄に促されたルキウスが、溜息交じりに「はいはい」と答えローブを脱ぐ。

エレナは慌てて後ろの御者席側の壁へ身体を向け、目を押さえた。

「大丈夫です見ませんからっ」

馬車旅では車内での身支度も当然あったが、同乗中というのはなかった。

「なんだ、一緒に寝泊まりしているのに上半身も見たことがないのか？　僕の弟もなかなかいい鍛え具合だぞ」

「お兄様なんてこと言うんですかっ、私、見ませんからねっ」

なぜ弟をアピールしようとしてくるのか。

聞こえてきたルキウスの吐息から、彼が苦笑を浮かべている表情が目に浮かんだ。彼がシリウスを呼んで、その話を終わらせてくれて助かった。

「もういいよ」

声をかけられて振り返ると、手早く衣装を着替え袖回りの仕上げにかかっているルキウスがいた。その首元のタイには、大きな宝石のブローチがある。

（あっ……お兄様もしているわ）

今になって『お揃い』の品だったと思い出した。煌びやかな雰囲気に押され気味だったが、シリウスも同じブローチをつけていた。

兄である彼も、弟と同じくそれをずっと大事につけているのだろう。

同じ恰好をしていると、ますます同じ人間が二人いるみたいで不思議な光景だ。……性格が全然違うことは、よく分かるけど。

「なんでまたローブを着直すんだ」

シリウスが不服そうに秀麗な眉《まゆ》を寄せる。エレナは、いそいそとローブを着るルキウスに気も抜けた。

「兄さんも知っているだろう、僕は『ガッツリ貴族』という感じの衣装は苦手なんだよ。きらきらしているというか、目立つというか……」

「僕と同じ美しい顔じゃないか。なんでも着こなせる。何を気にすることがある？」

どうやら、兄の方は自信家らしい。

同じ顔でも性格はだいぶ違うようだと、エレナは双子兄弟が言い合う様子を見て思った。

（こうして顔を合わせて交流を持てているのは、お兄様だけなのよね……）

両親とは手紙でやりとりしているとルキウスは言っていたが、エレナは彼が家に寄りつかないようにしているのを感じたことを思い出す。

獣化の理由以外に、何か過去にあったみたいにも感じた。

（でも手紙を見ていたルキウスさんが苦しそうな横顔をしていたから、訊《き》けない）

立ち寄った大きな町で「博士宛《あ》てにお手紙を預かっています」とルキウスが手紙を受け取った時、ちらりと見えた文面には、『顔が見たい』『気にしないで戻ってきていいのよ』と胸が痛くなるような家族からの本音が散りばめられていた。

『『狼男』の例の古典原本は予約を入れてある。それから、これがここで調べようと思っていた他の書物のチェックリストだ」

「ありがとう、兄さん」

受け取ったルキウスが、ローブの襟元《えり》を引き寄せて首元もしっかり隠す。それを見たシリウスは再び呆《あき》れていた。

似合っているのに、とエレナは思ったけど彼らしいと感じて笑ってしまった。

「それじゃ行ってくる、少しここで待ってて」

ルキウスはエレナにそう告げると、ローブを翻《ひるがえ》し馬車を出ていった。


彼のために頑張ろうと決意して見送ったのも束の間。

車内に兄と二人きりになってしまうことを想定していなかったと気付き、エレナは開始数分で音《ね》を上げそうになった。

（は……話すことが、ない）

同じ顔なのに、シリウスは生粋《きっすい》の貴族といったオーラがあった。しかも艶やかな獣目で、ただひたすらじーっと見つめてくるのだ。

（ひえぇなんでずっと見てくるのっ？　早く戻ってきてルキウスさんんん！）

エレナは、貴族様の作法云々《うんぬん》はほとんど分からない。

相手は伯爵令息で、次期外交大臣様だ。どうしよう――と緊張がピークに達した時、百面相を観察しているシリウスが言った。

「心配しなくていい。不敬も無礼も取らない」

「ひぇっ」

突然声をかけられて驚く。

「ここはプライベートな場だ。ここでは僕のことを、ルキウスの兄だと思って接すればいいんだ」

貴族といった緊張はなしでいい、と伝えているようだ。ルキウスより饒舌《じょうぜつ》だが、プライベートな優しさは不器用そうな印象を抱いた。

「はぁ。そう、ですか……」

「それに獣人族は、基本的に他人の〝求愛〟を邪魔するようなことはしない。求愛された相手に対しては、気遣いと配慮をもって接する」

「きゅ、求愛!?」

「噛まれたんだろう?」

叫んでしまったエレナに対して、シリウスは気に障った様子もなく平然と続けてくる。

「求婚痣を贈る獣人族の行為は、求愛と言われているものだ」

「あ、なんだ、そういうことなんですね……てっきりプロポーズの意味かと」

吐息交じりに呟《つぶや》くと、シリウスが思うところがある顔をした。

――けれど『求愛』。

言われた単語が頭の中を騒がしく飛び回って、エレナはそわそわとスカートを撫でた。

「……えっと、その、でもこれは事故のようなものでして……」

つい肩に触れてごにょごにょと言った。求愛なんてあるはずがないのに、そうだったらという想像が終わらなくてドキドキする。

ルキウスにだったら……と考えると胸が高鳴るせいだ。

「ふうん。君も彼を『いい』と思っているわけだ？」

からかうような声にぎくんっとした。シリウスに言い当てられたような動揺から、咄嗟にわたわたと言い訳する。

「ち、ちがっ、私はルキウスさんみたいな素敵な男性は他にいないと尊敬しているだけであって
っ、そういう目線でドキドキしたりしているわけでは！」

自分の口から飛び出た言葉を聞いて、ハタと困惑した。

先日、ルキウスに対して無性にドキドキしたのは、彼を一人の男性として意識したせいだ。

（嘘、なんで？　彼が素敵すぎるせいで、つい？）

混乱してすぐ、シリウスが喉の奥で笑った。

「ここまでルキウスと来たんだろう？　あいつは、頼もしいだろ」

彼がはぐらかすように話題を変えた。

もちろんだ、彼の頼もしさは誰よりエレナが知っている。

「はい。狼の大群に追い駆けられても、私を担《かつ》いで元気いっぱいに振り切ったり。知らない男の人に声をかけられても颯爽《さっそう》と助けてくれて」

ルキウスとの賑やかで突拍子もない逃走劇や、町中の散策。森の野宿でも食を欠かさないこと、色んな面白い話を聞かせてくれる博識なすごい人であること――。

思い出してとりとめもなく語るエレナの顔に、自然と笑みが浮かんでいる。

「そうか」

見守る彼とよく似た獣目が、穏やかに笑った。

エレナはびっくりしてしまった。こんな風に優しく微笑む人だとは思っていなかった。そうすると目元までルキウスにそっくりだ。

「いいな。僕は、想像するばかりだから」

その言葉を聞いて、エレナはハッと以前抱いた気持ちを思い出す。

「お兄様も、ルキウスさんと〝旅行〟をしたかったですか……？」

「ああ、したかったよ」

取り繕いもせず、シリウスが静かな口調できっぱりと答えた。

「知らないものを一緒に見ていく。それが幼い頃の僕らの夢だった。この事情がなければ、何も考えず一緒に王都を回って休みを過ごしたりもしたかった――少年時代、それを一族に『だめだ』と言われた」

普通の兄弟ができることさえも、彼らは四歳以降ずっとできなかったのだ。

エレナは胸が締め付けられた。今、自分がルキウスの隣で過ごしていることを後ろめたく思った。

「……ごめんなさい、私が楽しく話すべきではなかったですね」

(きっと、誰よりも一番それを望んでいるのはお兄様)

軽率に旅のことを語ったのを後悔した。

「そんなことはないさ。弟が一人ではなく誰かと旅を楽しんでいる。僕は、それが嬉しい」

「お兄様……」

「それに、ここへ来て希望も見えた」

「希望？」

「君だよ。これまで怖がって誰もそばに置かなかった弟が、君を連れてきた。それはいい変化だ」

シリウスは、温かい眼差しを不意にもっと微笑ませた。

「ルキウスとの旅は、楽しい？」

「はい。ルキウスさんとの旅は、楽しいです」

エレナはローブの結び目を握って、本音で語ってくれた彼に本心から答えた。

「不謹慎かもしれないと思いながら毎日が楽しいんです。少しでも役に立てていることが嬉しいし、ルキウスさんが笑ってくれることに、何より幸せを感じて」

胸に込み上げるこの感情が、なんという名前なのかエレナには分からない。

「それでいいんだ。後ろめたさも迷いも持たなくていい。ルキウスだって、君と一緒に旅ができて楽しいと思う」

人生、ままならない。

エレナはとても切なくなった。

「お兄様の方が、きっと、もっとずっと一緒に旅をしたかったはずよね？」

シリウスが獣目をぱちくりとして、それから吐息をもらすように苦笑した。座席に座り直しながら「気にするな」と言った。

「いつか叶《かな》えてやるさ。その時には、ルキウスとめいっぱい旅行すると決めているんだ。あいつが戻るまでしばらくあるから、よければ旅の道中の話を聞かせてくれないか？」

「はいっ」

喜んでと答えたエレナは、自分がルキウスと過ごした旅の時間を共有するように、兄のシリウスに話し聞かせた。

「――ん。そろそろ来るな」

　腕を組んだシリウスが、ふと車窓の方へ美麗な顔を向けた。すっかり話すことに夢中になってしまっていたと、ようやくエレナは我に返る。

「僕ら獣人族は、人族よりも耳と鼻もいい。あの足音はルキウスだ」

　言いながら、シリウスが銀の懐中時計を取り出し時刻を確認した。

「あ、綺麗……そういえばルキウスさんも銀の懐中時計を持っていて……」

「言っておくが、これはお揃いじゃないぞ。ルキウスのは博士の証印が入ったもの、僕のは国家外交官を証明する身分証の一つだ。イリヤス王国では、高位資格者の証《あかし》に銀時計が使われている」

　財政的にも豊かであると、国力を示せる部分でもあるという。他の国では、わざわざ純粋な銀は使われない。

「そうなんですね……じゃなくて大丈夫でしょうかっ？　誰かにバレていたら、ルキウスさん連行されての早め退出なのでは⁉」

「それはない。知り合いもいないのだから、変だなと思われてもそう声はかけられない。少し待っていれば来る。ひとまず落ち着け」

そんなこと言われても、入館制限がある大学施設だ。彼になりすまして入っているルキウスを思い出すと、大変気になってきた。

「ったく、ルキウスの方が過保護にしているのかと思ったら、案外君の方もなのか。相性がいい同士、似た者同士というか――」

「私ちょっと外で待ってますっ」

「僕の話を聞いてないな。ちょっと待ちなさ――」

エレナは馬車を飛び出し、バタンっと扉を閉めていた。学者ばかりが行き交う図書館前の大通りを走る華奢《きゃしゃ》な彼女を、男達が目で追う。

大学の図書館の、広い階段が見える広場で立ち止まった。

(お兄様は『足音が』と言っていたから、もうすぐ出てくるかな?)

フードをかぶろうかと手を伸ばしかけた時、先程まで車内で見ていたシリウスとそっくりな姿が階段の上に現れた。

「あっ」

改めて瓜二つだと実感させられたエレナよりも、ルキウスの方が驚いたようだ。階段を駆け下りると、走って向かってきた。

「なんで外に?」

「ルキウスさんが心配で」

両手を取られて驚く間にも、上から綺麗な獣目で覗き込まれた。

「僕は君の方が心配だよ。ここはとくに若い男性も多く出入りしている場所だから、声をかけられないとも限らないだろう？」

エレナは不意に察して、頬が林檎《りんご》みたいになる。

（ルキウスさんは、私が絡まれると思って心配を？）

両手を取って顔を寄せていたルキウスが、遅れて自覚したみたいに少し赤面した。近付けていた顔をパッと起こして離す。

「……その、なんと言うか、僕は純粋に君を心配しただけで深い意味は」

「は、はい。分かってます。私も考えなしに出てしまって、ごめんなさい」

互いに湯気が出そうな二人を、通り過ぎる学生や学者達が「なんだあれ……？」とぼやきながら見ていく。

「でも、君が僕だけを想って待っていてくれたのは、とても嬉しいよ」

ルキウスが馬車に戻るべく手を引く。前方へと向いてそらされた横顔は赤くて、私だって、とエレナも答えそうになった。

彼がエレナを想って走ってきてくれたのが、どうしてこんなに嬉しいのかは分からない。

大型馬車へ戻ると、待っていたシリウスがすぐ声を投げてきた。

「言っておくが、僕は止めたぞ。彼女が話も聞かずに出ていったんだ」

エレナは申し訳なさに小さくなる。しかしルキウスは再び赤面して、「いや、いいんだ」と兄との話題を終わらせた。

「兄さんがリストにまとめていた本だけど、こっちの解説書はどれも『山犬男』に近かったな。それもあって僕に確認に行かせたのも理由にある？」

「ある」

ルキウスが着替えたのち、男女に分かれた座席で改めて向かい合った。

シリウスが言うには、エドレクス王国で言い伝えられている有名な古典は、『ヴェデッツェ屋敷の狼男』だ。

満月を見ると狼になってしまうという〝奇病〟を持った男の、数奇な人生の物語。

それは神からの呪《のろ》いで、最後は〝愛の力によって〟解ける。

「最後の方法が曖昧な描写も、人間になった説の派閥の『狼男』の解説に似ているだろう。この物語と厳選した解説書をお前に見せたのは、もしかしたら魔力も関わっている可能性も考えてみたいと思ったからだ」

「魔力？」

「お前が彼女のことを話した時、少し真面目に考えてみてもいいんじゃないかと。獣化が途中で止まった理由が、もし彼女の魔力に反応してのことだとしたら？」

「まさか。そんなことありえないよ」

ルキウスは軽く苦笑した。

「王都には魔力持ちの人族も集まってるけど、経験にない」

「まぁ、僕としても考えがたいんだが、『山犬男』があるイリヤス王国、『狼男』の伝承があるこの国にたまたま『魔力持ち』が共通しているな、と」

シリウスが、真面目な表情で顎に手を当てた。

「この国には『賢者の目』というものがあるんだが、目、というより全身から不思議な魔力を感じる」

「そういえば、兄さんが案内役に指名した末姫がそうだったね。――とすると、『賢者の目』は魔力持ちの人族なのか」

「書かれた言葉が全て共通語のように翻訳版が頭に浮かぶ、という秘密は、恐らくは魔力による異能だと思う」

「つまり魔法みたいなものでしょうか？」

エレナは、ついていけなくなりそうだったので勇気を出して挙手した。

「いや、イリヤス王国と共通した〝魔力の特殊な作用〟だ。我が国の人族に稀《まれ》にある未来視、過去視などに『賢者の目』は似ている、と僕は感じた」

彼らは、獣人族としても魔力に敏感だと言っていた。シリウスは実際に末姫が『賢者の目』で翻訳しているのを見て、そう感じたのだろう。

「僕らの特訓でも、獣化が兆候のみで止まったことはあった。だが、僕は出会って間もないのに〝彼女の声がお前の耳に届いた〟のも気になる。うちの国の人族の魔力も、鍵《かぎ》になるのかどうか再度考えてみた方がいいのかもしれない」

「僕が伝えた『古代の方法で』が、実のところ魔力によるものだったと？」

「あくまで可能性の一つだ。何せ、その決定的な情報は見付かっていないわけだからな」

――国内で一番有名な物語『ヴェデッツェ屋敷の狼男』。

奇病の解決の方法が『愛の力』という抽象的な表現になっているのは、説明できない力が働いたから、というのがシリウスの新たな仮説だ。

彼としては、この王都でその『決定的な情報』も見付けたいようだ。

研究をしている者達の本も読み進めているのはルキウスの方もだと、エレナは彼が部屋で読んでいる本を思い返した。

「魔力、か……とすると『奇跡』だとかは引き続きなしなわけだね」

「実際に結構な数を試したが、解決には至らなかったからな。お前が遺跡で『奇跡の秘宝』とやらを盗賊達から奪還した時も、万能薬にさえならなかっただろ」

「そうだね。調べた結果は魔力球石ではなく、ただの宝石――」

「えっ。ルキウスさん、そんなことをしていたんですか!?」

のんびり思い返すルキウスに、嘘でしょとエレナは目を丸くした。

「こいつは結構強いよ。僕と互角でやりあえる唯一の稽古《けいこ》相手さ。——ま、兄である僕の方が強いけどね」

シリウスが弟の方を指差しながら言う。

それを聞いて、ルキウスが硬い表情で無理やり笑った。

「僕は異例の先祖返りで、古代種の獣そのものになってしまうのに？」

「それくらいで威張るなよ。僕だって社交界では『規格外の最強外交官』と言われている問題児だ、先祖返り系の獣人族でブラックリストに載ってる」

ルキウスが力の抜けた自然な笑みをもらした。

「それって、確か王宮の軍部に密かにあるというリストか」

「実際に存在している。その筆頭にいるのは狼総帥と、蛇《へび》公爵だ」

「それはおっかないねぇ」

見せてもらったの？　とルキウスが笑っていた。見せてもらったんだと答えるシリウスは、笑った彼を見て、ホッとしたみたいに口角を引き上げていた。

（お兄様は獣化があったとしても、ただ一人の弟として、真っすぐルキウスさんのことを見て愛しているんだわ……）

エレナは、その僅《わず》かな間のことに深い兄弟愛を感じてしまった。

獣化を特別視しない物言いが印象的だった。彼の獣化を気にさせない口ぶりが、ルキウスの心を軽くしていた。

「もしもの可能性だが、この『獣化』も本来遺伝性のものだったとしたらどうだ？　実際にあって、消えてしまった先祖返りの症状、とか」

「今のイリヤス王国の記録が始まる以前に、獣化という症例が〝消えた〟――とすると、そこには理由があるはずだよね？」

「何か歴史関係で思い当たることでも？」

問われたルキウスが、腕を組んで考え込む。

壮大な話になったが、長いイリヤス王国史内で獣人族と人族の共存の確立は建国記にも書かれていないので、それ以前となると憶測の説がほとんどだ。

「――憶測材料の一つ、になるかは分からないけど、兄さんが魔力繋がりだと言うのなら、大昔は現在と違って魔力持ちの人族はかなり多かったとされていることかな。今よりも〝魔力を使える者が半数を超えていた〟とも言われている」

「あ。『必要があるからある。不要になれば減る』の運命説関係だったりしますか？」

書物で読んだ中のことをエレナが挙げると、ルキウスが「その通り」と少し表情を和《なご》ませて褒めるように言った。

「使う必要がなくなったから、人族で魔力を使える者も一気に減少した。それは人族と魔力の関係を研究していたローワッド氏が説いたもので、過去は八割の人族が、という事実は魔力機関に歴史が保管されていると聞く」

「アルドバレル大陸において、魔力操作の生産と治療ができる人族がいるのはイリヤス王国だけ。獣人族がいるのもそうだ。うちの国内で強い運命説を引っ張ると、イリヤス王国の人族が一部魔力を持ち、稀に使える者もいるのには理由がある、ということになるな」

全てのことには意味がある、という国内でもっとも信じられている言葉だ。

難しいことを習っていないエレナも、信仰心として教わった。

「大昔の人族の状況の結果、獣化という危険なものが失われ、現在の獣人族と人族の良好な共存関係がある。そう説を立てて考えれば、獣化が元は先祖返りであるという説も有力かもしれない」

ルキウスも、兄の挙げた説に賛同を示した。

「そうだとしたら、国内に鍵がある可能性も改めて検討案に挙げよう。魔力は一つの仮説ではあるが、捨ておくには否定するだけの説がないのも確かだ」

人から獣、獣から人、という似通った物語。双方の国に魔力持ちの人族がいるという状況と、明確に説明されていないそれぞれの物語の解決部分、という偶然の共通項。

「ま、『狼男』の一部ではあるがな」

改めてまとめたシリウスが、そろそろ時間だと立ち上がる。

「まずは『山犬男』と類似《るいじ》するものを優先して確認する。絞り込むためにも可能な限り調べよう。魔力説については、帰国したら先に専門機関に古い資料が残っていないか訪ねてみるのもありだと思う」

「そうするよ」

「まだ滞在日数はあるんだろう？　僕の方でも、お前に持ち帰らせる分の有力な書物の情報をできるだけ当たってみる。もう少し待っていてくれ」

あとで連絡すると約束して、シリウスが馬車を降りていった。後ろ手を振った背中からは、久し振りに弟と会話ができて楽しそうな雰囲気をエレナは感じた。

五章　学者と外交官と少女

そして翌々日の朝、早速伝書鷹《だか》が手紙を届けに来た。

外交で忙しいシリウスに代わって報告をくれるそうで、食事する場所でザガス・ウィルベントという人物と会うことになった。

「あの、お二人の秘密を知っているらしいザガスさんというお方は、いったい……？」

着替え終わったところで、エレナは部屋に戻って尋ねた。

ジャケットを羽織りながら目を向けてきたルキウスが、「あ」という顔をした。

「しまった、手紙のことを伝えただけで、そっちの説明をするのを忘れていた。すまない。僕も兄からの手紙が嬉《うれ》しくて」

いつでも会える同じ地にいると思うと、余計にそうなのだとルキウスは言った。

エレナとしては、口にしながらあっという間に近寄り、彼がこちらを見下ろしてボタンを留める仕草にドキドキしてしまった。

（ひぇえ、ち、近いっ）

シリウスと話した日から、エレナは時々無性に彼を男性として意識した。こんなに距離を縮めてくるのも、子供だと彼は思って気にしていないだけなのに。

「ザガス君はウィルベント公爵家の嫡男で、今回は人族貴族の代表として外交に同行している。僕らの事情を知っていて、兄に協力してくれているんだ。僕がまだ学院生だった頃《ころ》に少し家庭教師を頼まれて、僕自身も彼とは交流がある」

（あ、思い出した。もう一人の国賓の公爵家嫡男様だわ……）

とんでもない貴族様だ。エレナは、くらりとした。先日に会ったシリウスも獣人貴族の伯爵家の嫡男で、ルキウスもそこの次男ではある。

（でも――身分差が、そもそも目に入らないの）

エレナは、ジャケットの襟《えり》元を整えるルキウスを見つめた。

優しい学者様で、研究熱心で好奇心が強くて、感情豊かなシャイな人。そばにいるとただひたすらに心地よくて、たとえ何者であったとしてもそばにいたい人。

彼だからこそ、支えてあげたくなる。

（そう思う気持ちって、いったいなんだろう？）

「エレナ？」

不意に名前を呼ばれて胸がキュンッとした。ルキウスの美しい獣目が尋ねるように覗《のぞ》き込んできて、エレナの思考が一気に熱を持った。

「あっ、いいえ、なんでもないんですっ。ルキウスさんにとっても久々の再会ですもんねっ、それもあってお兄様も伝言を頼んだのかもしれないですしっ」

「そういうことだろうね」

咄嗟《とっさ》に結びつけられたことだったが、ルキウスが苦笑して肯定してくる。

その笑った顔にもキュンッと妙な鼓動を覚え、エレナはパッと彼から目をそらして回れ右をした。

「そ、それじゃあ行きましょうか！」

逃げるように扉へと向かった。

だがルキウスが素早く回り込み、扉の前に立たれ開けるのを阻止されてしまった。

「ザガスは僕にとっても友人みたいなものだ。そして教え子でもある。でも……年齢も近いから余計に気になって、君をザガスに会わせるのが心配になったりもする」

「え……？」

俯《うつむ》き見下ろすルキウスの指が、エレナのこぼれている髪を撫《な》でた。

どういう意味なのか勘ぐりそうになってしまった。髪に触っている理由も分からなくて、ドキドキがピークに達した彼女は思考をフル回転で一生懸命考えた。

「そ、そうか貴族への対応を心配されているんですね⁉　大丈夫ですっ、私、対応はルキウスさんに任せますから！」

ルキウスが目を丸くした。手を引っ込めると、困ったように笑った。

「――ごめんね。うん、僕に任せてくれると有難いかも」

良かった、そういう意味だったらしい。

彼が前髪を下ろした。エレナは一緒にローブのフードをかぶったところで部屋を出て、宿の階段をとんとんと下った。

「迷子になったら、危ないよ」

宿を出てすぐ、手を差し出されて驚いた。

「あ。そ、そうですね」

いつもそうだったと思い出して、手を繋《つな》ぐ。

歩き出しても胸のトキドキはなかなか落ち着いてくれなかった。普段どんな風に彼と接していたのか思い出せない。

(顔が熱い……だって、ずるい。あんな風にいきなり髪に触るだなんて)

突然大人《おとな》の男性を出されたら、余計に意識してしまうではないか。

髪にゴミでもついていたのかしらと考えたエレナは、ふと、逃がした視線の先のポスターに目が留まった。

【賢者の目を持つ我らがクリスティアナ王女殿下、講演会チケット残り僅《わず》か！】

そこに描かれていたのは女性の横顔で、長い金の髪と、長い睫毛《まつげ》の下にある赤い瞳《ひとみ》の麗しさが印象的だった。

「賢者の目って、確か……」

気付いたルキウスが、エレナの見ているものを確認した。

「ああ、彼女が例の『末姫』だろうね。この国の王女達の中で、唯一の金髪だとか」

「お兄様が一緒にいると言っていたお姫様……？」

「そうだよ。民衆への理解も深くて、とてもいいお方だと兄さんも手紙で書いていた」

エレナにはあまりにも程遠い世界だった。

(姫に、次期外交大臣様。これから会うのは公爵家の嫡男様……)

ルキウスもまた、獣人貴族の伯爵家の次男なのだ。本来だったら、こうして並んで歩くことなんてない雲の上の人だ。

そんな人に、特別な想いを抱くなんて不毛だろうか。

意識している理由に気付かされて、エレナは胸が痛んだ。初めて彼の姿を見た時から、どんどん惹《ひ》かれているのだ。

◆

待ち合わせ場所は、近くにある『エルポット』という肉料理屋だった。

元々あった建物を利用した店内は、古風で長椅子《いす》のブースもお洒落《しゃれ》だった。高級感があるのだが、学生まで幅広く利用している大衆食堂なのだとか。

待ち合わせていたザガス・ウィルベントは、先に奥のブースで待っていた。短く整えられた髪に、やんちゃそうな目をした背の高い少年だった。

「どうぞよろしく」

一通り自己紹介が済んだところで、ザガスが向かいの席から手を差し出してきた。

だがその手を、隣からルキウスがぺしっと払った。エレナはびっくりした。だがザガスが「あー……」とみるみる全《すべ》てを察した顔で手を引っ込める。

「……なるほど、分かりました。エレナさん、どうぞよろしくお願いします」

「どうして敬語なんですか？」

「いや、距離感を態度でもって示そうと思いまして」

エレナが追って言葉を続けようとすると、ザガスが話題を変えるように「美味《おい》しいものを紹介しますよ」と言って、それぞれの好みを聞き料理を注文してくれた。

「ルキウスさん、実はシリウスさんが殿下に〝秘密〟を打ち明けました」

先にスープとサラダが出たあと、食べることを勧めてからザガスがそう切り出した。

ルキウスは驚いたようだったが、何やら察したような顔になる。

「そうか、王女殿下に……。それで？」

「殿下が協力してくれていて、情報集めもかなりのスピードでうまく進んでいます。一部の本も城に届くようになりましたが、かなりの貴重本となると持ち出しが禁止のようです」

「まぁそうだろうな。王族とあっても渋る文化財産だろう」

「いえ、外に知らされている以上に、学者側と王政側の関係性はよくないようです」

エレナはよく分からなかったが、続くザガスの手短な説明でルキウスは悟ったようだ。考える顔で口に放《ほう》り込んだサラダを咀嚼《そしゃく》していた。

気付いたザガスが、エレナを見た。

「エレナさん、気にせずどんどん食べてください。スープは火傷《やけど》しないよう気を付けて」

「ありがとうございます」

意外にも紳士的な態度を見て、エレナもにこっと笑い返した。

直後、彼の笑顔が固まった。

「……ルキウスさん、誤解です」

「何がかな？　僕は何も言っていないけれど」

「そのシリウスさんっぽい物言いが危険信号を感じさせるんですよ……」

見つめられたザガスが、強張《こわば》った笑顔に冷や汗を浮かべていた。

その時、料理が運ばれてきた。午前中用は比較的軽めのメニューのようだが、肉がメインとあって、大変豪勢で美味しそうだった。

「店内も敷居が高いというか、お料理も高級料理にしか思えないのだけれど、周りは学生さんばかりですね」

「基本的に、国内の衣食住や生活水準も非常に高いんですよ。制度も完璧《かんぺき》です」

はいどうぞとスパイスを薦《すす》めながらザガスが言った。

「学ぶ機会が多いだけに、国民の生産工夫もすごいです。常に進化をし続けている。農作の人力式道具も、今後イリヤス王国に技術が流れる予定です」

「村の一家でも、大型農作具が買えるんですか？」

そこにもエレナは驚きだった。

「はい、国民にはリーズナブルな価格で提供されています。そこを、外国から学問と翻訳《ほんやく》と書物流動による莫大《ばくだい》な利益で補って還元できているわけです。技術の提供には、学者になった方々の発明が活《い》かされていますから、いよいよ学者を敬っているわけです」

なるほどとエレナは感心した。ザガスが注文したオススメのステーキを一口食べてみると、とろけるような美味《うま》さに頬《ほお》が緩んだ。

「エレナ、美味しい？」

エレナを見つめたルキウスの顔に、ようやく笑みが浮かんだ。

「はい。すごく柔らかくて、お肉自体の味も濃厚で驚きます。とても高級なお肉なのではないですか？　大丈夫ですか？」

「値段は中あたりだよ。これも、ザガス君が言うところの『技術』だ」

ルキウスが鼻先にかかった前髪を揺らし、ステーキを一切れフォークで取った。それを眺めながら言う。

「正確には科学かな。この成分であれば、あの成分を調合することで肉質を柔らかくして熟成できる、という実証が調理方法に活かされている」

「もっと国を良くしたい、ということを礎《いしずえ》に学問を深める方々が多いみたいです。『世界でもっとも自国に目を向けている学者』という呼ばれ方もしています」

美味い、と口をもぐもぐさせながらザガスが述べた。

「国民愛がとてもあるんですね」

「その通りです。繋がっている全部が、いい循環をしてくれています。それを可能にする制度を作ってくれているのは国王ですから、王族への信愛もとても強い。だから、学者側と国政側の睨《にら》み合いを国民達は苦笑いで見守っているというわけで――んぐっ」

不意にザガスが食べ物を詰まらせた。

「ザガス君、エレナにあまり国のごたごた事情を聞かせるべきじゃないと思うけどね。それは君らの分野だろう」

「すみません、面白そうに話を聞く女性も珍しくて、つい……あ、そうそう、動かせない貴重本の件でシリウスさんから伝言をもらっています」

ザガスが話の方向を急に変えるようにジャケットの内側を探り、たたまれた紙をルキウスへと渡した。

「こちらの三箇所の本達は、足を運ぶそうです。ルキウスさんの出国予定日には許可が下りるそうで『当日中に一気に調べられる方向で動く』と」

「なるほど、時間短縮か」

ルキウスは、紙に書かれている機関名と住所を見ていた。

例の『兄のふりで入る作戦』だろう。エレナは食べ進めながら思い浮かべて、大丈夫かしらとやっぱり心配になる。

「その日、シリウスさんは午前中に外交が入っていて閲覧許可も午後からしか有効ではありません。そこで、当日ルキウスさんにはココを当たって欲しいそうです」

テーブルから身を乗り出したザガスが、ルキウスが持つ紙の筆記部分を指差した。

「宿から三十分馬車を走らせると、ハルベン通りというところに出ます。そこにある学士ホールです」

「しかし、許可証は二つ発行できないだろう」

「シリウスさんは、殿下の分として発行される許可証を利用するつもりらしいです。あとで諸々《もろもろ》準備や知らせはするらしいので、心配はいらないかと」

「相変わらず無茶をするというか……兄さんはしたたかだなぁ」

ルキウスは手元に目を戻し、くいっと唇を引上げる。しばらく紙に書かれた筆記をじっと見つめていた。

どこか切ない空元気な空気を感じた。

「……ルキウスさん、何か考え事ですか？」

エレナは、ルキウスが食事も再開しないままでいるのが気になった。

声をかけられてようやく気付いたみたいに、ルキウスが顔を上げた。その目が、尋ねたエレナではなくザガスへ向く。

肉を頬張ろうとしていたザガスが、察知して手を止めた。

「俺《おれ》に、もしかして伺いたい意見があったんですか？」

ザガスが食器にフォークを戻す。

ルキウスが迷うような間を置いて、紙をジャケットの胸ポケットにしまった。俯きがちのまま切り出す。

「……実は、この国の話が兄さんの口から出た時から、ずっと考えていたことがある。悩んでいたんだが、実際にここへ来て思った。そろそろ兄さんに弟離れをさせてあげても、さすがにいいんじゃないかなと」

二人は二十六歳。そして、いまだ婚約者もいない跡継ぎの兄。

(彼は、ここでお兄様に『自由になって』と告げるつもりなんだわ)

シリウスがいまだに身を落ち着けていないのは、ルキウスの問題に当たっているからだとはエレナでも察せた。

「俺は……その、二人で頑張ってきたことに関しては何も言えません」

さすがのザガスも、言葉を詰まらせて目を落とした。

馬車内で正面から問題に向き合っていたシリウスを思い返すと、エレナも『これからは一人でやるから』と告げるのは酷《こく》であるようにも思えた。

「こんなことを言ってごめん。でもザガス君は兄をよく知っているから、余計に困らせてしまうと分かってても話したかったんだ。兄さんも出会いがあっただろう？」

何を言われているのか分かったのか、ザガスが苦しそうな顔をした。

「……末姫の、クリスティアナ殿下のことですよね？」

「うん。兄さんにとって、彼女がそうなんだろう？　獣人族は、恋する種族と言われているからら」

悲しそうな顔でルキウスが微笑《ほほえ》む。

ザガスが躊躇《ためら》うように視線を泳がせた。逡巡《しゅんじゅん》の末に、細く息を吐く。

「状況は、ルキウスさんが推測された通りです」

ルキウスが「そうか」と答えて、二人が顔を突き合わせたまま黙り込んだ。エレナは状況がよく呑《の》み込めなかった。

「あの、『恋する種族って』いったいどういうことなんですか？」

「エレナさん、獣人族は人族以上に愛情深くて、一生で一度たった一人だけの伴侶《はんりょ》を求める種族なんです。恋に憧《あこが》れを抱いて夫婦になることを夢見てる」

「兄さんにとって、末姫はその特別な対象なんだと思う。つまり恋をしているんだよ」

「えぇえっ！」

あのシリウスが『恋』だなんて、全く想像さえしていなかった。

「お兄様、お話の中で普通に『末姫』と口にしていましたけど……」

「いつもより声は柔らかかったよ。恋することを知ったからもっと優しくなったんだな、て。届いた手紙でも彼女のことをよく書いていた。僕は嬉しかったよ。外国で、そばにいたいと思える特別な女性と巡り会えたんだなって」

――特別な人で、そばにいたい人。

彼が口にした言葉が、不意にエレナ自身に突き刺さった。それこそ今の自分自身に重なる言葉だと気付いた。

(好き、なんだわ)

ルキウスのことを、どんな男性よりも特別だと感じた気持ちの正体に驚愕《きょうがく》した。

好意を抱いていたから、特別意識してしまっていたのだ。

妙にドキドキしてしまったのも、エレナが彼に恋をしてしまっていたから――自覚した途端、これまでのことが思い出されてじわじわと熱くなった。

「兄さんはお見合いをしたこともない。母上もよく手紙に心配事を書き連ねていた。恐らく僕のことを気にして、婚約もしないままでいるつもりなんだ」

ルキウスの声が聞こえて、ハッと身が引き締まる思いがした。

「——だから、今回で最後にしようと思う」

気持ちが固まったようだった。

エレナは胸が痛くなった。ルキウスの覚悟が切なすぎた。

「お兄様が、姫様との結婚を選べるように？」

「そうだ」

「ルキウスさんは？」

エレナは思わずそう尋ねていた。獣人族が結婚を望む種族なら、彼だって同じだ。それなのにルキウスは、エレナの予想通り諦《あきら》めたように微笑んだ。

「僕は獣化してしまうから……結婚なんて」

彼の少し悲しそうな苦笑が『無理だよ』と伝えてきた。

(——とても、苦しい)

恋をした相手は、恋をしないとエレナの気持ちを真っ向から否定してきた。

けれどそれ以上に、弟のために頑張りたいとするシリウスと、その気持ちに一番救われているルキウスを考えて胸が苦しくなる。

自分から兄の元を離れる考えは、ルキウスにとってもとてもつらい決断だろう。

「……ルキウスさんのお気持ちは、よく分かりました」

　ザガスが胸に手を当て、やがて深呼吸をするようにそう言葉を紡いだ。

「なら、俺はシリウスさんをせいいっぱいフォローします。切り出すのはこの作戦が終わってからですか？」

「うん。兄さんの彼女への想いを確認して、確信を得たら言おうと思う」

　ルキウスは、末姫へ想いを伝えることを自分のせいで諦めて欲しくないのだろう。『自分のことはいいから幸せになって』と兄に伝えるつもりなのだ。

「すまない、君には苦労をかける」

「いいえ、シリウスさんには殿下もついていますから。当日俺は社交予定が入っていて抜けられませんので、次にルキウスさんと会えるのは王都ですね。エレナさんも、このまま王都へ同行を？」

「はい。ルキウスさんの旅に付き合うと決めて、村を出てきましたから」

　これでも研修生見習いなんです、と笑顔で伝えた。重くなった空気を払うように食事を再開しながら話を振ってきたザガスのおかげで、エレナも気持ちが固まった。

　芽生えた恋心よりも、ルキウスの望みを叶《かな》えるために支え続ける。

　同行の理由から研修生見習いになったが、勉強は好きだし、このまま本当に彼の助手を目指す道を考えてみてもいいのかもしれない。

でも今は恋の自覚と同時の失恋で、遠い未来についてはうまく考えられない。

よしと決め、エレナは自分も食器を手に取ってルキウスに笑いかけた。

「ルキウスさん、冷《さ》める前に食べましょ。今日は少し遠くの図書館に行ってみるんでしょう？体力を付けないと動けませんよ」

「そうだね。——エレナ、ありがとう」

これから彼がしようとしていることへの感謝も含まれているのだろう。

儚《はかな》く微笑んだルキウスに、エレナは協力する姿勢で元気に見えるよう笑い返した。

◆

それから数日は、本を読む日々が続いた。

ルキウスはなんでもないように過ごしていた。図書館を回り、途中休憩のように外を少し歩いて景観や店を眺め、エレナと甘いものを食べる。

（たぶん、困らせないよう表に出さないようにしているんだろうなぁ）

昼食休憩で、近くのお洒落なカフェの二階テラス席で食事をしながら、エレナは向かい側で先に食事を終えて本に目を通しているルキウスを見つめる。

元気付けてあげたいのだが、彼も毎度物珍しそうに見てくる〝声〟による植物の反応も、今は気晴らしの役には立たないだろう。

兄と決別する件を打ち明けた時、まるで自分が自由を奪っていると思っているみたいだった。

そんなことはない、と思うのに、兄弟が過ごした二十六年もの長い月日と、貴族的な事情も絡んだことを考えると安易に口を挟めない。

結婚はしない、とルキウスは言った。

それでもいい。たとえ恋愛が成就《じょうじゅ》しなくても、エレナはずっと彼のそばにいたいと思う。

(勉強は好きだけど、でも学者業をやりたいというわけではなくて)

助手になるために彼のそばから離れる時間が増えるとなったら、本末転倒《ほんまつてんとう》だし……。

不純な動機を思うと、こちらも安易に決断はしかねる。

「……あの、何か僕の顔に付いているかな?」

声でハッと我に返った。

いつの間にか、ルキウスが本を少し下げてこちらを見ていた。頭はフードをかぶって目元は前髪に覆われているが、視線が真っすぐ向いていることだけは分かる。

「いえ、せっかくの綺麗な目が見えないのを、残念に思いまして」

彼が前髪を下ろしていたおかげで慌てずに済んだ。咄嗟の一声だったが、それは本当のことだった。

「………君の方が、綺麗だ」

ルキウスがぼそりと何か呟《つぶや》いた。

その声にかぶるように、店内で談笑していた学生らしき男性グループが一際賑《にぎ》やかになった。つられて目を向けると、何やら話しながら一人が立ち上がって向かってくる。

（え、何？　私のところに真っすぐ来る？）

エレナはどんどん向かってくる男に緊張した。

初めて見る顔なのに、男はにこっと微笑みかけてくる。

「はじめまして、俺は――」

「彼女に触れないでくれるか。僕の連れなんだ」

握手でも交わすかのように伸ばされた若い彼の腕を、ルキウスが掴《つか》んで阻止した。低い声に相手がビクッと身を固まらせる。

「す、すみません。てっきり白髪で親子――あ、いや、ご兄弟かと」

「観光途中で誰《だれ》が〝誘える〟か、君らは毎回そんなくだらない遊びをしているわけか？」

ぎくんっと男の肩がはねる。

「そのバッジは学士だろう。観光客を不快にさせる会話を、堂々公共の場でするのもいただけないと思うが違うか？　あんな〝ろくでもない話〟が聞こえていて行かせるわけがない」

恥を知れと、ルキウスの声は手厳しく年下の彼を威圧する。

男が「失礼いたしましたっ」と言いながら逃げ出した。向こうのテーブル席にいた男達も一

斉に立ち上がって、奥の階段から走り去っていった。

あっという間のことで、エレナはぽかんとした。

(獣人族は耳もいいというから、何か失礼があって叱《しか》ったのかも)

ルキウスは意味もなく本気で叱り付けたりしない人だ。そんな怖い顔をした彼を見るのは初めてだ。

「あの、大丈夫ですから、落ち着いてください」

気遣う声で言葉をかけると、ルキウスが我に返ったように視線を階段側から外した。

「……すまない。君を前にすると、つい余裕がなくなるみたいだ」

深い溜息《ためいき》を吐《つ》きながら顔に手を当てる。

優しい彼のことなので、怯《おび》えさせるほど強く注意したことを悪く思ってもいるのかもしれない。そんな優しさにもエレナは胸が熱を持つ。

「ルキウスさんは恰好《かっこ》よかったですよ。私は助けられましたし、とても心強かったです。ありがとうございます」

「そ、そうか」

顔に手を当てたまま、呟くルキウスの頬がじわりと赤くなる。

恥ずかしがったりもする人だけれど、本当に頼もしい人だ。だめなことはだめと言い、守ってくれるなんて恰好いい。

(ああ。やっぱり彼が好きだわ)

特等席みたいに、彼の隣にいたい。

そんな叶わない秘めた想いが強まるのを感じながら、エレナはしばらくルキウスとの温かな休憩を過ごした。

◆

明日は、とうとう滞在最終日だ。

ルキウスは、しばらくは眠れないだろうとベッドの上でスケジュールを思い返す。

貴重本を保管している三つの専門機関を、王都出立前までに回る計画をシリウスが立てていた。時間の節約で、ルキウスが学士ホールを確認する予定だ。

兄に資料をもらったら――もし彼の気持ちが末姫にあると確認できたら、『もういいよ』と背中を押してあげるつもりでいた。

(兄さんは……きっと自分からは望まないだろうから)

同じ日に生まれた、同じ姿をした、優しい双子の兄。

喜びも楽しみも分け合ってきた。兄のシリウスは〝呪《のろ》い〟も一緒に背負うみたいに、仮婚約をする兆《きざ》しも見せず自分に厳しく進み続けてきていた。

獣人族として、恋に抗《あらが》うつらさはルキウスも知っている。

だから、兄には愛した人と一緒になる幸せを与えたいという思いが強まっていた。

(僕の、運命の恋の相手になった、エレナ・フィル)

彼は隣のベッドから聞こえる呼吸音を聞きながら、ぎゅっと目を閉じる。

出会った時には予感があった。見つめられると胸は高鳴り、声を聞くと胸は震えた。満たされるような気持ちは、これまでに感じたことのない幸福感だった。

――恋を、した。

叶わない夢が一つ増え、それはどんなことよりもルキウスを苦しめた。

日中、エレナとカフェで過ごしたあの時、特等席みたいに『彼女を守り、その安心した笑顔を一番に見られるのは自分だけがいい』と思ってしまった。

触れて欲しい。声を聞きたい。その隣にいたい、触れさせて欲しい……。

自分の獣化を解くことを考えなければならないのに、ルキウスの中はあっという間に彼女への焦がれる想いでいっぱいになる。

「……そんなこと、望んでしまってはいけないのに……」

そばにいて欲しい。好きだ、エレナが好き。

たった一つ、この想いを伝えることもできないのか。

苦しくてたまらなかった。求愛の証《あかし》として求婚痣《あざ》を刻んだのだと教え、好きであることを彼女に知ってもらいたい。

けれど自分が普通の幸せや、落ち着ける場所を持ってはいけない。

そして、兄を、自分から自由にしなければ。

◆

夜が明けて、出国予定日を迎えた。

朝に鷹が手紙や許可証や衣装などの入った荷物を届けに来たのち、宿を引き払い、エレナとルキウスは共に長旅に備えて必要な荷物を買いに回った。

早めの昼食まで済ませた頃には、全ての必要品が大型馬車の荷台に積まれていた。

「不備がないか確認するから、少し待ってて」

「はい」

先に御者席に座らされたエレナは、最後の積み荷を確認するルキウスが気になって続き扉から彼を見やった。

(心配していたけど……大丈夫みたい)

朝からルキウスは、よく眠れたと言って優しい笑顔を見せた。

活発的なところを見るに、確かに調子は良さそうだ。

本日、彼の兄のシリウスが午後に入館許可をもらった三箇所を回る予定だ。そこの情報分までは渡したいらしく、時間の節約の関係で、そのうちの一箇所を彼のふりをしてルキウスが担当することになっていた。

「あの、時間差作戦で本当に大丈夫なんでしょうか？」

三つの機関は、国賓であるシリウスの来訪予定時刻を想定している。末姫を連れた彼が二つ目に訪れても違和感がない時刻に向かう手筈《てはず》になっていた。

「距離も離れているから、訪問の順番が二つ目の場所で急に変更されても疑われないよ。持ち出せないからリストにある本は読んで頭に叩《たた》き込むしかないし、早く入れそうなタイミングで入館しておかないと」

「まぁ、確かにそうなんですが……」

離れている場所の貴重本を同時に、なんて同じ人間が二人いてできる神業《かみわざ》ではある。

彼らは実際双子で、瓜《うり》二つの外見をしているので可能な手段でもあった。

「さて、学士ホールに行こうか」

エレナの心配もよそに、御者席に出てきたルキウスは呑気《のんき》に言って馬車を走らせた。

ハルベン通りは、身綺麗な制服を着た学生の姿が多く見られた。

何度か通ってはいたが、高い建物に囲まれた一本道だ。専門書を扱う本屋、制服や仕立て屋、高級な革靴が並んだガラス窓など敷居が高い印象だった。

「ここが学士ホールだったんだ……貴族の建物かと」

到着した停車場の端から、優美で豪勢な装飾のされた建物をぽかんと眺める。

大型馬車の陰で、ルキウスが下ろしていた前髪ごとフードを後ろへ下げた。すでにローブの下に衣装は着込んでいる。

彼は着慣れないと言わんばかりだか、やっぱりよく似合っている。

でも意識して目を合わせないようにしているのをピンと察して、エレナはまさかと思った。

「ルキウスさん、あの、お兄様の手紙に筆圧がやけに強めに書かれていた一文があったと思うんですが、もしかして今回もローブは――」

「取らないよ」

素早く答えられてしまった。彼の声は、硬かった。

「――ですよね。うん」

本当に苦手なんだなぁと、エレナは同じ顔をした対照的な二人を思った。

兄の髪型にざっと手櫛《てぐし》で整えたルキウスが、深呼吸をした。兄の表情を意識しようとしているのだろう。柔らかな眼差《まなざ》しが、普段集中している時みたいにスッと引き締まる。

「じゃあ行ってくる。馬車の中で待っていてもいいよ」

「いえ、こちらでお待ちしています」

心配すぎてじっと座って待っていられそうにない。

瓜二つとはいえ、本当に大丈夫なんだろうかとエレナは彼の身を案じた。しかしルキウスの方が心配そうにして一気に表情が戻った。

「大丈夫？　もし声をかけられてもついていってはいけないよ。お菓子をあげるだとか、甘いもので誘われても――」

「ルキウスさん大丈夫ですっ、私そんなに子供じゃありませんっ」

この人ほんとどこまで私を子供だと思っているの！　と思って、エレナは学士ホールに向けてルキウスの背をぐいぐい押した。

「時間は貴重なんでしょっ、どうぞいってらっしゃいませ！」

心配しつつもルキウスが入館していった。

見送ったエレナは、そわそわして落ち着かず、すっかり友達みたいになっていた二頭の馬を撫で、時間が経《た》てばおやつをあげて気を休めさせた。

（ルキウスさん、お兄様に言うのかしら……）

日陰になった大型馬車に背をもたれ、学士ホールの屋根と青空を眺めて考える。

末姫に特別な想いを抱いているのなら、そろそろ自分の人生を生きてもいいんだよ、と想いを伝えるつもりでいるルキウス。

彼は、自分のせいで兄の人生を奪っていると感じているようだ。

（恋も諦めさせてしまうんじゃないかと、恐れているみたいだった――）

どんなことがあって、何を経てきたのかエレナには分からない。けれど二人の頑張りは、損得ではなく強い愛情で繋がっていると思うのだ。

話せばきっと、懸念の一つすらルキウスの誤解だと解けるのではないか。

そんなことを思った時だった。向こうに一台の高級馬車が停《と》まったのを何気なく見たエレナは、ハッと馬車から背を起こした。

ルキウスと同じ顔をした美しい貴族男性が、金髪の美しい女性をエスコートして下車した。

兄のシリウスだ。ということは、彼女が『末姫』だ。

(でも予定より早い……あっ、待って待って！)

二人が寄り添い学士ホールに入っていってしまった。

館内に〝同じ人間が二人〟いたら、さすがにまずいのではないか。思えば、細かな打ち合わせは聞いていない。

「鉢合わせたりしないかしら？」

エレナは不安になった。こういうパターンの時、どうしたらいいのか。

幸いにもルキウスはローブを着ているので、フードで顔を隠すことも可能だ。今日のことはシリウスも末姫に聞かせているはずだから、大きな混乱はないはず。

(でも、同じ顔が並んでいるのを見るのは初めてだから驚くよね……)

エレナは、自分の時のことを思い返した。

ルキウスとシリウスは、身長も体格もまるで鏡合わせの二人なので、事前に『そっくり』と言われたとしても吃驚《びっくり》するだろう。

やはり鉢合わせしないか心配だ。

しかし、大変落ち着かない時間は、長くかからないうちに急に終了となった。

「あっ」

ローブのフードで頭まで隠したルキウスが、兄のシリウスと左右から末姫を挟んで急ぎ学士ホールから出てきたのだ。

正面から見た末姫は、金髪が似合うくらい顔まで大変美しい。

どこかぼーっとしている様子だが、取り乱している感じはなく大丈夫そうだ。

問題はルキウスの方だ。知らせにも行けなかったから、館内で鉢合わせした時は驚いたに違いない。エレナは弾《はじ》かれたように馬車から走り出した。

気付いたルキウスが、走り寄る彼女の方へすぐに方向転換した。

「ルキウスさん！　良かった、お兄様が入っていかれるのを見てハラハラしました」

「まぁ、バッチリ鉢合わせたよ。……先に、王女殿下と」

駆け付けた彼が、いつものようにエレナの両手を取った。ようやく安心したみたいに肩の力を抜いたところで溜息交じりに告げてきた。

「えっ、大丈夫だったんですか？」

「兄さん、今日の作戦のことを話していなかったみたいなんだ」

エレナは目をまん丸くした。

「――というかまた私に隠し事していたわね⁉」

途切れた会話の間に、末姫の大きな声が飛び込んできてびっくりした。目を向けると、絶世の美女の末姫がシリウスの服に掴みかかっている。

（あっ、修羅場っぽい……）

末姫は、ルビーみたいな赤い目をつり上げていた。

対するシリウスは、胸倉を掴まれている状態なのに問うように片眉《まゆ》を上げる。

「双子だったことよ！　それから、彼に会うために先日こっそり色々としていたことっ」

剣幕を見るに、かなり驚いたらしい。

これまでのことについても、諸々事情を知らされていなかったようだ。声はよく聞こえないが、どうやらシリウスが謝り出したのが見えた。

あの人でもそんな顔をするんだなと、少し弱った表情を見てエレナは思った。

間もなく無事に和解したのか、少しもしないうちにどちらの顔にも笑みが浮かんだ。

（美男美女だわ）

笑みをこぼした末姫の美貌《びぼう》もあって、髪先の色合いが七変化する幻想的な白い髪をした見目麗しいルキウスの笑顔と対になると絵になる。

こうして見ていても、シリウスはルキウスとそっくりだ。

でも、見間違えてしまうことは二度とないだろう。

エレナにとって、ルキウスだけがいつだって鮮やかにその目に映った。恋をしているせいなのかもしれない。表情一つで胸がときめくのは彼だけだ。

「お兄様、姫様と仲直りできたみたいで良かったですね」

隣を見上げたエレナは、ハッと口を閉じた。

向こうを見つめるルキウスは、切なそうに微笑んでいた。

「兄さんにとって、彼女は大切にしたい人みたいだ」

獣人族だから会話を聞き取れたのだろう。推測した通り、ルキウスの中で判断が傾いていくのが分かってエレナは悲しく思った。

この兄弟は、互いの幸せを誰よりも祈っている。

叶うなら、どうかどちらも幸せに笑っている未来を迎えて欲しい――不器用な兄弟が愛《いと》おしくて、同じくらいの切なさで胸が締め付けられた。

シリウスが「少し待っていてくれ」と声を投げてきて、来ていた馬車にいったん走った。

「ルキウス、これを持っていけ」

「ありがとう、兄さん」

茶封筒と手帳を持って引き返してきた兄に自分からも駆け寄って、ルキウスがシリウスから荷物を受け取った。

それをエレナは、少し離れた場所から見守っていた。

いつ兄に気持ちを確認するのか、切り出す時を考えてはらはらする。

気になって末姫の方を見てみると、スカートの前に手を置いて二人を見つめていた。気品を漂わせている高貴な姿に目を奪われる。

（とても美しい人……）

背に流れる金髪、ルビーみたいな美しい瞳は彼女の知的な美貌にとても合っている。

と、不意に末姫の目がこちらを向いた。

王族を不躾《ぶしつけ》にも見つめてしまった。びっくりして一気に肝も冷えたエレナは、『見とれてしまったんですすみません！』と心の中でせいいっぱい謝って慌てて頭を下げた。

すると末姫が目をぱちくりとして、やがてくすりと微笑んだ。

（うわっ、やっぱりすごく美人！）

身分が高いのに笑みを返してくれる気さくな優しさに、心を掴まれた。

その時、耳にルキウスの思いがこもった声が飛び込んできて、ドキッとした。

「兄さん、素敵な人が見付かってよかったね」

そう告げられた瞬間、シリウスが表情を硬くして視線をそらした。ルキウスが切なげな目をする。

「ねぇ兄さん、僕のことを気にしているの？　僕のことはもういいんだ、だから――」

「いいわけあるか！」

突然シリウスが叫んで、エレナはビクッとした。

「たった二人の、兄弟なんだぞ」

ルキウスを見つめ返したシリウスの表情は、悲しみを浮かべていた。

怒ったわけではなかったのだ。「兄さん……」と呟いたルキウスもまた、同じ顔に悲痛な想いを滲《にじ》ませていた。

「でも、僕のせいで兄さんの人生がなくなってしまうのは、嫌だよ。僕は、兄さんが大好きなんだ。これ以上……僕の人生に巻き込んでしまうのは申し訳なくて」

これ限りでいいから、とルキウスの小さな声が続いた。

シリウスがその目に、初めて今にも泣きそうなくしゃりとした表情を浮かべた。

（ああ、この人は弟のことを本当に大切にしているんだ）

二人が頑張り続けた長い歳月を思わされて、つらくて見ていられなくなった。視線をそらして、ふと末姫も心配そうな目で彼らを見ていることに気付いた。

（あ、そうなんだ……ルキウスさんは『兄が巡り会えた特別な人』と言っていたけれど、姫様にとってもそうなんだわ）

そしてエレナも、まるで運命のようにどんどんルキウスへと恋に落ちてしまっている。

その時、シリウスが踵《きびす》を返すのが見えた。

「あっ、兄さん」

エレナの出なかった声に重なるように、ルキウスが呼び止めた。しかしシリウスは止まらず歩いていく。

その背中の拒絶を見て、ルキウスは足を進められなかったみたいだった。思い詰めた顔で佇《たたず》んでしまい、彼が今にも倒れるんじゃないかと思ってエレナは咄嗟に走り寄り、ふらりとした彼の身体を支えた。

すると、急にスイッチでも入ったみたいに、末姫がスカートを両手で持って走り寄ってきた。

「お兄さんのことなら心配しないで。私が話してみるわ」

頼もしい眼差しにエレナは涙腺《るいせん》が緩みそうになった。するとルキウスが足に力を入れ、胸に手を添え末姫に礼を述べる。

「姫様……いえ、王女殿下、ありがとうございます」

「クリスティアナと呼んでいいわ。あなたもよ」

そう言って気さくに笑いかけられた。元気付けようとしてくれているんだと分かって、エレナは胸がいっぱいになった。

「あなた達は、すぐにでも出国する予定なのでしょう？　ルキウスさんも、そしてエレナさんも、どうか道中気を付けていい旅を」

クリスティアナが走り出した。

王族相手に、と一瞬躊躇《ちゅうちょ》したが、もう会える機会はきっとない。これから王都を出国するのだ。

エレナは、後悔したくなくて大きく手を振った。ルキウスも「幸運を」と祈り言葉を口にして手を動かした。

意外にもアグレッシブな末姫は、肩越しに笑って小さく手を振り返してくれた。シリウスが見えなくなった方向へと続き、人混みの中へと見えなくなる。

彼女達が乗ってきた高級馬車が、戸惑い気味にあとを追うように動き出した。

「大丈夫ですか？」

ルキウスが俯き、かぶったフードを下に引っ張ったのに気付いて、エレナは気遣わしげに覗き込んだ。

「うん、大丈夫だ……いつかは必要なことだった。僕は……兄さんの人生まで奪えない」

彼は呻《うめ》くように言って前髪をくしゃりとした。

(ああ、やっぱり、そんな風に考えているんだわ)

そんなことない、なんて彼らの過去をほとんど知らないでいるエレナに言葉はかけられなかった。

自分に普通の人生なんて送れない、望めない――ルキウスがそう感じているように思え、エレナは兄が守ろうとしたものを共感して悲しくなった。

兄のシリウスは、獣化によって奪われた弟の人生を取り戻そうと頑張った。

エレナは兄のシリウスも、弟のルキウスにも、自分の人生を生きて欲しいと思う。でも今できることは、こうしてそばにいること。

「ルキウスさん、姫様が良きようにしてくださいます。きっとお兄様は大丈夫です」

「うん……そうだね」

ルキウスがフードの下から顔を見せて、空元気な笑みを浮かべた。彼もまた、気持ちを落ち着ける時間が必要だとエレナは思うから。

(ここには姫様がいる。ザガス様も……きっと、大丈夫だ)

これから国境を目指しながら、『狼男《おおかみ》』の有力な説のある遺跡も回るつもりだった。

予定通りの日数でエドレクス王国を出るためにも、エレナはルキウスと大型馬車に乗って王都バイエンハイムを出発した。

六章　イリヤス王国への旅路《たびじ》

――ゴオッという大きな風の音がした。

あの時と同じだ。異国の地の空気が急速に攫《さら》われて、気付いた時には肺いっぱいに別の土地の匂《にお》いが飛び込んでいる。

エレナの意識が戻ったのは、以前の時よりも少し早かった。

抱き締めてくれている人の腕を掴《つか》むと、応《こた》えるように背に回った手に力が込められた。風の音が強すぎて、きっと声など耳に入らないと分かっているからだろう。

そして、その風がようやく止《や》んで間もなく。

「もう目を開けていいよ」

降ってきたルキウスの声に従うと、そこには先程と違う森の光景があった。

(またしても『裏技』……)

空気の匂いがガラッと変わっていて、エレナは呆然《ぼうぜん》と大自然の青空を見上げた。

エドレクス王国の王都を出たのち、到着した人の目のない場所で、また『裏技』とやらが行われることになったのだ。

彼は日付と時刻をかなり気にしていて、目を閉じたエレナは聞こえた会話から待ち合わせていたからであるらしいと分かった。

『君ね、事前に手紙でスケジュールを組んでくれたのは有難いんだけどね。しかも今度は直接向こうまで運べと？』

『うっ、その、ほんとすみません……』

『まぁいいさ。あの場所であれば〝着陸〟に問題ない地点だ。それにちょうど、じい様から手紙も預かった。ったく、どこまで見透かしているんだろうね、ウチの祖父は』

そんな会話があったのは聞こえたが、またしても突風が起こって前回と同じく意識が飛んだものだから、それ以上のことは分からなかった。

馬達を落ち着けたルキウスが、御者席に座った。

「ほら、おいで」

「あ、はいっ」

ぼけっとしていたエレナが動くと、彼は手を握って引き上げてくれる。

「あの、ところでここはどこなんでしょうか……？」

「イリヤス王国だよ。バセッチャー山岳群を越えた平原地帯だ」

「えっ、イリヤス王国!?」

驚きだ。いったいどんな魔法を使えば、あんな遠い国からイリヤス王国まであっという間に到着できるというのか。

動き出した馬車から頭上を拝めば、日差しはまだ高い。

バセッチャー山岳群といえば、自然要塞《ようさい》のような険しい登山箇所としても有名だ。誰《だれ》もが迂《う》回《かい》して、同じ時間をかけて平原地帯に入るとは聞く。

詳細は聞かないで。それが先程も、ルキウスに言われた〝お願い〟だった。

『どうか〝秘密〟で』

「そういえば、お兄様へ手紙の返事は送れましたか?」

エレナは移動の話題は避け、前髪も元に戻した彼の横顔を見上げて尋ねた。

出国の数日前、例の鷹《たか》が手紙を持ってきたのだ。

兄のシリウスは協力をやめるつもりはないようで、王都に帰ったら覚えとけよ、という一文にルキウスは笑っていた。

ずっと抱えていた重い気持ちが、すっかり軽くなった様子だった。

手紙でシリウスが出してきた〝答え〟も彼を楽にした。

【僕は、僕が好きなようにやっている。外交官の仕事だって天職だ。そして僕は、僕自身の意思で、あの頃《ころ》に立てた夢を諦《あきら》めるつもりはない】

互いが、自分達の素直な思いをぶつけ合ういい機会になったみたいだった。手紙を自慢げに見せてきたルキウスは、「僕もだよ」と、少しだけ涙もろくなったみたいに呟《つぶや》いていた。

その手紙の返事を、ルキウスが最後の宿泊場所で書いているのは見かけた。

「うん、送ったよ。喜んでくれるといいな」

また手紙が来たことが、ルキウスは嬉《うれ》しくてたまらないようだ。旅の様子を報告すると喜ばれるから、今回もそうしたのだと笑顔で語った。

「ふふっ、きっと喜んでくれますよ」

兄弟同士の本音だ。内容を尋ねるのは野暮だろう。エレナは、兄弟が和解できたことが何より嬉しかった。

「ありがとう、エレナ。君がいてくれてよかった」

ルキウスが顔を向けて、美しいブルーサファイアの獣目を優しく細めた。

「えっ。あ、いえ、私はお兄様のことではとくにお役には立てず……」

わたわたしそうになった。彼の穏やかな微笑《ほほえ》みは、恋を自覚したエレナにはまだ刺激が強すぎる。優しい彼にエスコートやらレディファーストやらをされるたび、ときめく心を落ち着かせるのに大変だった。

「君のおかげだよ。手紙がくるまでの不安を遠ざけてくれた。ありがとう」

「あ、もしかして眠れなかった夜のことですか？　いえ、私も読書で夜更かしくらいはしますから」

「意外と探偵ものが好きだと分かって、僕はエレナとのお喋《しゃべ》りも楽しかったけどね」

素敵な笑顔で、意味深な台詞《セリフ》をさらっと交ぜてくるのはやめて欲しい。エレナだって、一番ルキウスとのお喋りが楽しかった。

「このまま王都に向かうんですか？」

「いや、実はレイさんから連絡があったんだ。彼は幼い頃の僕と兄の診察医で、今でも僕らに協力してくれていてね」

エレナは、村で自分と彼を診《み》てくれた老人医師を思い出した。

「近くで診察の旅をしているから、合流して一緒に王都に行こうという提案があったんだ。ちょうど、ここから進めば三日で着く。旅をしながら合流地点まで向かおう」

「はい！」

野営料理も最近は慣れたものだったから、エレナは待ち合わせ場所の町までの旅を考えて「今度は私に任せてくださいっ」と請け負ったのだった。

◆

待ち合わせ場所は、田舎町《いなか》オーレンだ。

見渡す限りの緑の大地と、畑にはなっていない柔らかな美しい草原も豊かに広がる、獣人貴族マロン子爵家の領地だ。

大きな施設はなく、マロン子爵が旅人のために小さな別荘を宿として提供していた。

到着した時は夕刻で、大型馬車を駐《と》めてすぐ、レイから予定の知らせを受けていたと言って、華奢《きゃしゃ》な可愛《かわい》らしい少女がエレナとルキウスを迎えた。

「初めまして、私はマロン子爵家のメルと申します」

メルは黒い獣目をしていた。相手が貴族令嬢であることに当初緊張を抱いていたエレナは、向こうから挨拶《あいさつ》してくれた彼女の愛らしさにほっこりする。

「可愛い子ですねぇ」

そんな感想をこそっと耳打ちしたら、ルキウスはうーんと考えた。

「身長も君とたいして変わらないけど。それからメル嬢は、確か君よりも年上だ」

「え」

「あ。それから、こちらが私の婚約者で、婿入り予定のジェイクです」

台所作業をしていたと言って、遅れて出てきたエプロン姿の美青年には驚かされた。二人は獣人貴族同士で本婚約し、結婚承認待ちであるのだとか。

メルの印象が幼いせいか、夫婦予定というより愛らしいカップルのようだ。

それにエレナとしては、もう一つかなり気になった。

「……あの、エプロン」

「あ、気になります？　婿入り修行中なんです」

ジェイクはにっこりと笑った。よく尋ねられていることが窺《うかが》えた。なんだかやけにエプロン姿に違和感が、という言葉をエレナは全部言わずに済んだ。

メルがどうぞと促して、宿の中へと進む。

小さな別荘だと言うが、田舎町の宿としては立派すぎた。カントリー風な内観は絵本の中から飛び出したみたいでお洒落《しゃれ》だ。

「話はレイ医師から伺っていますよ。一泊のご予定で、明日ご一緒に王都へ向けて発《た》たれるとか。俺《おれ》も昔世話になったので知っていますが、交友が幅広いお方ですよね」

二人分の荷物を軽々と運んだジェイクが、にこやかに言った。

それを聞きながら、エレナはルキウスと共にちらりと奥の方を見てしまう。

こちらへ来て「領主で父のマロン子爵です」とメルが紹介した直後、顔を覗《のぞ》かせた丸い小男が「今度は虎《とら》――――っ！」と言って、すっ飛んで逃げていってしまったのだ。

「種族柄なので、気になさらないでください」

「はぁ、そうなのですか……」

ジェイクが、笑顔でまたしても先に告げてきた。

エレナは獣人族の種族柄はよく分からなくて、首を捻《ひね》る。ルキウスは同じ獣人貴族として家名も知っているのか、軽く苦笑していた。

いったんその場に荷物を置き、メルの案内でルキウスが宿泊用紙に書き込む。

「あなたは色々と調査をされている学者だと聞いています。もし一晩の滞在の中で調べたいものがあるなら、付き合いますよ。俺もあなたと同じく夜目は利きますし、護衛も可能です」

「元騎士なのですか？」

「はい。王都警備部隊に所属していました」

用紙記入待ちのジェイクが、にこっと笑う。

それはすごい。エレナは村住まいで軍人様には馴染《なじ》みがなかったから、大きな新芽色の瞳《め》を輝かせてルキウスの服をつまんで引っ張った。

「ルキウスさん、貴族の方なのにすごいですねっ」

「いや……彼の場合、それ以前にライオネル家なので剣術は一流……」

「え？」

「ううん、なんでも」

顔の下を手でなぞっていたルキウスが、はぐらかすように苦笑を返した。用紙に記入し終えた彼は、待っていたジェイクを真っすぐ見た。

「幸せに、なったんだね」

その目が、どこか羨《うらや》むように切なく微笑む。

「幸せですよ。頑張ってきたことが報われました」

ジェイクがエプロンの胸元に右手を添え、温かな眼差《まなざ》しでそう答えた。

「ルキウス博士、一族のことも聞き知ってはいますがあなたも諦めてはいけない。欲しいものがあるのなら、手を伸ばすんです」

「……僕は」

躊躇《ためら》いがちに口を開いたルキウスが、結局は閉じて悲しそうに笑いかけた。

カウンターにいるメルが婚約者へ目を向ける。ジェイクが「――そうですか」と穏やかな相《あい》槌《づち》を打って、自然に話を終わらせた。

「いったん部屋に案内しましょう。こちらです、どうぞ」

二人分の荷物を持った彼に案内され、二階へと上がった。

一泊用にと貸し出された部屋は、間取りも広くて立派だった。客人のために改装された別荘の一部屋は、個人宅感が薄れ、より落ち着ける空間になっていた。

「メルがハーブティーを用意しています。うちの菜園で育てているものです」

「それは楽しみです。私もハーブを育てていた経験があって。お話を聞くことってできますか？」

「最近、友人と小さなプランターで育てるハーブにハマッていますから、メルも喜ぶと思いますよ」

再び三人で部屋を出ると、ルキウスがいつものように手を取ってきた。

屋内なのにと思いながら、エレナも彼の優しさに甘えて手を繋《つな》いだ。一階で腰を落ち着けるまではと、密《ひそ》めいた恋心を思って手を握っていた。

一階に戻ったあと、レイの到着を待ちながらハーブティーを飲んで談笑を楽しんだ。

夕刻の空は沈んでいき、すっかり外は夜に様変わりする。

ふと、風で窓が揺れるような振動音を感じた。一瞬不思議な感覚がしてエレナが顔を上げると、ハーブ育成の話に夢中になっていたメルも目を向ける。

「どうしたの？」

「今、何か〝響く〟ような感じがあったような……」

その時、ジェイクに迎えられて長身の老人医師レイがやってきた。

「やぁ、元気にしてた？」

「お医者様、今着いたんですね。お元気そうで良かったです」

「僕は元気さ、それだけが取り柄だもの」

向かってくるレイは、相変わらず若々しい口調でそう言った。彼がジェイクの案内で椅子《いす》に座る中、エレナはちっとも確認されていない隣のルキウスを横目に見た。

「いいんだ、いつものことだから」

「そうそう。彼の場合、健康申告の手紙で元気なのは分かっているからね。それに、何かあったらすぐあの兄から手厳しい手紙が来るし」

レイは兄弟と同じ連絡手段を持っているらしい。それが家族への説得と、二人の行動を診察医として許可する条件だったようだ。

メルが紅茶を持ってきた。レイが「ありがとう」と受け取りながら、にこにこする。

「メルちゃん、体調の方はいかがかな？　例の熱も落ち着いた？」

「はい。その間ずっとジェイクがそばにいてくれましたから。ただ、……その、父と母が安らかに寝込んでいます」

挨拶に来られないことを、メルは申し訳なさそうに詫《わ》びた。

「あらま、相変わらずいい反応だねぇ。あとで挨拶がてら診てみよう」

「それは助かります。ありがとうございます」

会話を聞いていたエレナは、その拍子に、旅立つ前実家で一階に降りる前にも似た音を聞いた気がした。

「そういえばお医者様、以前私の家から出ていかれた際にも、さっきのような窓ガラスの震えを感じたような気がするのですが」

両親が追いかけたが外にはすでに姿が見えなかった、という話を聞かされて気のせいかなと忘れていた。

思えばあの〝颪〟は、ここ二回ほど目をつぶっていた際のモノに似ている。

するとティーカップを持ち上げたレイが、片方の手で唇の前に人差し指を立てた。

「短時間で移動する必要が多くて、『裏技』で」

また裏技……。

エレナは実家での奇妙なことは、彼もルキウスと同じく不思議な移動手段を使っていたからだと理解した。

◆

両親が寝込んでいるというので、よければ一緒にどうかとメルとジェイクも含め五人で夕食をいただくことになった。

テーブルの上は立食形式の大皿も置かれ、畑で採れた野菜も色彩豊かだった。マロン子爵家でよく出るという、鶏肉《とりにく》にハーブを詰めたこの土地の家庭料理も大変美味《おい》しかった。

そして早い消灯時間を迎えたあと、エレナはナイトドレスにガウンを羽織って、ルキウスと共に別荘の屋上に出た。

「わぁっ。メルさんがおっしゃった通り、すごくいい眺めですね！」

村人達の田畑の様子もよく見えるよう、屋根の一部にスペースが設けられていた。

広大な星空が世界を覆い、月明かりが優しく地上を照らし出している。

「よく二人で眺めていると言っていたね。はい、どうぞ」

「あっ。ありがとうございます」

つい頭上の様子に気を取られていたエレナは、彼が塀《へい》の手前まで移動してくれた手製のベンチに並んで腰かけた。

リボンでまとめていない長い髪を、彼の反対側へとどける。

(こういう時、つい切ってしまおうかと考えるのよね)

エレナのいたバベスク村では、婚姻が決まるまで腰よりも長い状態が続く。そんなことを思い返していると、ベンチの端に広がった髪をじっと見ていたルキウスが口を開く。

「――いつ見ても、綺麗《きれい》な髪だな」

「えっ?」

「あっ、いや、その、月明かりに反射して艶《つや》やかだから」

驚いて見つめ返したら、ルキウスが急に慌てた。月に照らされた彼の頬《ほお》は赤くなっていて、エレナもつい顔が熱くなってしまった。

「あの、私の村では嫁ぐまで髪を大事にする習慣があって。だから手入れだけはみんなしっかり教えられるので、旅をしていても艶をキープしているだけというかっ」

嫁いだあとも、夫になった人のために丁寧に髪を綺麗にするのが習わしだった。

エレナの髪が特別綺麗なわけではないのだ。

彼女はそう伝えるべく、村の習慣について早口で説明した。しかし話すほどにルキウスは赤くなって顔の下を手で覆い、最後は浅く顎《あご》を引く。

「そ、そうか。嫁入りの習慣だったのか……」

「は、はい。そうなんです」

なんだか婚姻のしきたりを彼と話しているのが、無性に恥ずかしくなってきた。

「……えっと、あとはこのまま王都まで真っすぐ向かうんですすよね」

頭上に広がる満天の星空を見上げて話題を変えた。

「うん。そうだね」

ルキウスが、同じように夜空へ目を向けた。吹いた風にその白い髪が揺れて、月明かりで白銀に輝くのをエレナはぽーっと見つめてしまった。

ここから出発したら、途中で王都直行便の丈夫な大型馬車に乗り換える予定だ。

それは通る山の害獣対策にと強化されたもので、早馬なので、そこから四日で王都に辿《たど》り着けるらしい。

「僕と兄さんは獣化をどうにかしようと、これまで薬にも伝説にもすがってきた」

ルキウスが、肌寒い漆黒の夜に吐息を細く吐き出した。

「時には、こんな星空でしか解けない謎《なぞ》解きの地図を片手に、盗賊と格闘しながら秘密の遺跡の中で『奇跡の宝』も探して……あらゆることを試したけど、だめだった」

「確か、お兄様が秘宝だと言っていた件ですか？」

「うん。病気に効くものを、と探した」

――病気。

彼にとっては、そういう認識でもあったのだろう。

前例のない、心身の完全な獣化。もしかしたら大昔には獣人族の先祖返りの症状だったかもしれないという仮説を、彼の兄は立てていた。

「国内に可能性があるとしたのなら、視点を変えて改めて調査していくことになると思う。あまり『奇跡』のようなことは調べてみなかったから……」

彼らが言う『奇跡』が、どんなものかは分からない。これまで彼らが調べてきた物事を知らないから。

エレナは確信を持って、彼についていくだけだ。

彼が調べたいものを調べて、試したいことを一緒に試せばいい。

「私もお手伝いします。大丈夫です、二人なら二倍の早さ！」

ルキウスに元気を出して欲しくてガッツポーズして見せたら、きょとんとした彼が「ぷっ」と吹き出した。

「君は前向きだな。うん、頼もしいよ。……でも、半ば強引に君を連れてくる形になってしまった。このままはきっとフェアじゃない」

笑ってくれたのに、夜の大地へと獣目を流し向けたルキウスの横顔が曇《くも》る。

「それは、いったいどういう……」

「これからする話を聞いて、今一度考え直して欲しい」

戸惑い手を伸ばしたエレナは、彼に思い詰めたような目を向けられて動揺した。

「どうして、急にそんなこと」

共にいたいのは、エレナの意思だ。

だが続く困惑の言葉を遮るように、ルキウスが彼女の手をベンチの上にそっと戻した。冷え込んだ空気の中にいると、重なった彼の手の温《ぬく》もりをいつも以上に感じた。

「僕は、君に全《すべ》てのことは伝えられないでいた。僕をとてもいい人だと思っている君に教えたら、見限られるかもしれない……そう思ったら話すことができなかったんだ。僕が獣化した時の話は、あまりしたことがなかったね？」

「は、はい。四歳の頃に発症して、お兄様と向き合い続けていると……」

「本格的に二人で取り組むことになったのは、五歳だ。両親と一族が、僕を地下牢《ろう》へ入れることを決定した日だった」

「え……？」

あまりにも衝撃的な内容で、エレナは思考が止まった。

「獣になった僕は、この手で両親や、よくしてくれた親族、そして――兄を吹き飛ばした。何度も、何度も」

獣化した際には成獣体だった。獣化が発症して一年、ルキウスの成長に合わせるように獣はさらに一回りも大きくなって狂暴性まで増した。

父であるティグリスブレイド伯爵とその弟だけでは止められず、親戚《しんせき》の中で腕っぷしに自信がある男達が協力にあたった。

そんな過去の出来事を、ルキウスはとても静かな口調で語った。

「――その獣に人の声は届かない。たとえ肉親だろうと、襲う」

彼の穏やかな声が、消灯された別荘の周りを覆う夜の闇《やみ》に、ゆっくり溶けていくみたいだとエレナは思った。

「人から獣になった変身物語にも、いくつか出てくる言葉だ。まさに、それは正しいんだよ」

獣が暴れ切り、自然に人間に戻るのを待つしか術《すべ》はなかった。

男達が全面協力で別荘に集まり続けて、一年。一族は母や女性陣、そして屋敷に残り勤めてくれている者達の身の安全の確保のためにも決断を下した。

「母が泣き喚《わめ》くように地下牢行きの決定を告げた時、僕は――それを、正しい判断だと思った」

ただただ、当時のルキウスはその決定を受け入れた。

エレナは五歳の子供が静かに従う内容ではないと思って、涙が出そうになった。

「そんな、つらいこと」

「僕のために心を痛めてくれて、ありがとう。でも父達も君と同じだったんだ」

だからどうか泣かないでと、ルキウスがエレナの潤んだ目の下を指で撫《な》でた。

「憎んでいたわけではない。嫌っていたわけでもない。僕の一族は愛情深くて、みんな僕と兄をとても深く愛してくれた。決定を告げた時は厳格な姿勢をたもってはいたけれど、誰もが苦しそうな顔をしていたよ」

「ルキウスさんは、そう言われて『それでいい』と答えたんですか……？」

「答えようとはした。でも、唯一あの場で兄だけが反対したんだ。僕は、兄の気持ちを考えず、正しいと思った自分を一瞬後に恥じたよ」

下を向き、二人の間に置かれたエレナの手を上から握りルキウスは声を絞り出す。

「雨が降る中、兄さんが僕を引っ張って走ってくれたんだ。あれが、弱かった僕に諦めないでいることの勇気をくれた。兄さんは僕にとって憧《あこが》れで、……道を照らし出す光そのものだったんだ」

そして二人は、自分達だけで解決することを決意する。

抱いた罪悪感は、手助けすると決意した兄の意思をルキウスに受け入れさせた。兄に『もういいよ。あとは僕一人で――』ともずっと言い出せずにいた。

（彼が時々悲しそうに笑う原因は、そこにもあったのね）

そう理解に至って、エレナは苦しくなる。

両親と親族に地下牢で生活することを決定され、泣いて取り乱すほど愛してくれていた実の母に伝えられた。

大好きな兄を自分の獣化に巻き込んだ。

彼は獣になるたびに、大好きな家族達に牙《きば》を剥《む》いたのだ。

「僕はいい人間であろうとした。でも、過去に僕がしたことは消えない」

言いながら、ルキウスがエレナの手の上から手を離した。

「今でも獣になれば人を襲う。実の家族に迷惑をかけた僕を、ひどい奴《やつ》だと君に見放されるのが怖くて、打ち明ける勇気がなくて本当にごめ――」

「私は見放したりしません！」

エレナは、身を引くルキウスの服を咄嗟《とっさ》に両手で掴んだ。

驚いて顔を向けてきたルキウスが、ゆるゆるとその美しい獣目を見開く。今にも泣きそうな顔だと分かったせいだろう。

――誰か、この優しい人を助けて。

たくさんの重いしがらみを背負った彼から、エレナは今すぐにでも解放してあげたかった。

「学ぶ道を選んだこと、後悔していますか？」

最初で最後、もう一度だけ確認した。ぐっと涙を引っ込めたが、震えた声にルキウスがハッと息を呑《の》み、エレナの手を上から握って気遣うように覗き込んだ。

「すまない、泣かせるつもりはなかったんだ」

「私は泣いてませんっ。……まだ！」

「そ、そうだったな。いや、もちろん後悔なんて僕はしていない」

意地を張って言い返したら、ルキウスが急いで答えてきた。

「僕は歴史を紐《ひも》解いていくのも、知って学んでいくのも本当に好きなことなんだと気付かされたから。現地に行って遺跡を見るのもワクワクした。時々なら、屋内から飛び出して現地で実物に触れて調査したい」

学者活動を語る彼の言葉には、たびたび本心が見えた。

書物の上で学んだことを、実際に見に行くのも好きなんだろうなとは、そばで見ていてエレナも感じていた。

それが、彼の〝夢〟だ。

獣化という呪《のろ》いがなかったとしたのなら、望む理想の生活。学者として活動し、より多くの時間を兄や家族がいる王都で過ごしたいと思っている。

なら、それを叶《かな》えるために、エレナは人生を懸けて頑張るだけだ。

「王都での調べもの、私も手伝います」

きっぱりとルキウスに告げた。彼が、ゆるゆると目を見開く。

「いいのか？　獣化のリスクもあるし、いつ解決するのか約束もできな――」

「どんなに時間がかかろうと、付き合います」

「……君は話を聞いても、これまでと変わらずそばにいてくれるのか？」

「はい。たとえ何年かかっても一緒に解決策を探します。私は、ルキウスさんを手伝いたいと両親にも伝えました。やりたいことを、やりたいようにします」

あなたが私を一人の子供だと思っていても、私はあなたが好きで、そばにいたいから──。

卑怯《ひきょう》だろうか。協力という形で、彼と一番近い距離でいられること。

まるでその関係を利用しているみたいじゃないかと、エレナは自嘲《じちょう》気味に思う。何年かかってもと言った矢先、書類上で唯一彼と繋がっている仮婚約の自然解消の期間を思って切なさも増した。

（あと三年もかからずに、この美しい求婚痣《あざ》はなくなってしまう）

彼との繋がりを感じているモノが、身体《からだ》から消えてしまうのを想像すると嫌だった。

（また噛《か》んでください、とは言えない……）

これは獣人族の、求愛行動の証《あかし》の痣。

想いもないルキウスに『噛んで』と望んでも、困らせてしまうだけだ。

噛まれた時は驚きと痛みでパニックになっていたのに、消えたら『また刻み付けて欲しい』だなんて、おかしな話だとは思うのだけれど。

「できるだけ早く解決できるように、私も頑張りますから」

そばにいられるだけでいい。あなたの笑顔が見られるのなら、自分の恋の願いが叶わなくてもいいの。

エレナがふんわりと笑いかけると、ルキウスがじんわり頬を赤くした。

「ありがとう、エレナ。もし僕が獣化を制御できるようになったら――いや、なんでもないんだ」

また『なんでもない』と口にして、彼が夜空へ顔を戻した。

「求婚痣を付けてしまって、本当にごめん……僕が伴侶《はんりょ》を得たいなんて思ってはいけないのに」

エレナは密かに胸が締め付けられた。

求愛を贈るつもりではなかったのだから、謝罪も仕方のないことだ。けれどそれ以上に、そんな寂しいことを彼に言わせてしまう獣化が、悲しい。

「ジェイクさんもおっしゃっていたではないですか、『諦めるな』と」

「僕には、そんな資格はないんだ」

寂しく笑った横顔に、エレナは追ってかける言葉を失った。

本気でそう思っているのが分かった。二人での旅が始まってから一度も獣化はしていないけれど、それは彼自身も気を付けてくれているのだ。

(私にできることを全力でする。あなたの夢と……そしてあなた自身を守るわ)

たとえ、何が起ころうと。

エレナは、それが自分に許されたせめてもの愛し方なのだろうと思い、彼と並んで見上げた星空にひっそりと誓いを立てた。

◆

翌日、ジェイクとメルとマロン子爵夫妻に見送られ、エレナはルキウスとレイと一緒に田舎町オーレンを出立した。

この馬車の御者席は、最大人数二人が限度だ。

レイは荷台の続き扉の縁に寄りかかって、エレナ達の間から景色《けしき》をのんびり眺めた。景色がとてもいいので席を替わろうかと彼女は提案したが、彼は断った。

「僕のことは気にしないでいいよ。大抵はここで自由に寛《くつろ》いでいるんだ」

診察を兼ねて、国内を移動するルキウスと時々こうして共に過ごしているのだとか。

行く先々の町を経由しながら、王都を目指した。ルキウスはちゃっかり本や土地を調べ、レイは旅医者として町の人達に貢献していた。

雨の日には雨具を着込み、晴れた夜は害獣対策も兼ねて、ルキウスとレイが代わりばんこに手綱を握ってゆっくり馬車を走らせ続けた。

もちろん野宿もあった。道は長かったが、物知りな医者、博識な学者の話は面白く、いつだってエレナの胸を弾ませていつまでも飽きなかった。彼らは彼らで、森の野宿でエレナが植物をどけてスペースを作るのを興味津々《きょうみしんしん》に眺めていた。

「この馬達とも一時のお別れか。寂しいねぇ」

大きな町で、王都直行便の大型の辻《つじ》馬車に乗り換えることになった。

「スケジュール通りなので、本日中には近くの支社から引き取りが来るかと」

「あとで王都で再会できるんですね」

必要な分の荷物を持って下車したエレナも、馬達を専門の者に見てもらえることにはホッとしたが、離れるのは寂しくて二頭の馬を撫でた。

予約していた辻馬車は、座席のない頑丈な木材装甲のものだった。

広い荷台には七人の男性乗客が座り込み、出発の時を待って談笑していた。

御者兼護衛を兼ねて、余分に二人いた業者が馬車前でエレナ達を待っていた。彼女は、できるかぎり密集は避けてきたルキウスを心配して一度振り返る。

「……ルキウスさん、大丈夫ですか？」

「大丈夫だ。たびたび利用はしている」

彼が細く息を吐いて、エレナの乗車を手伝って自分も続く。

空いていた扉側の壁に背を預けて腰を下ろした。エレナを間に挟んでレイも座ると、それを確認した二名の業者が御者席に合図を出して扉を閉めた。

「だいじょーぶ。君がいるからね。これまでだってそうだろう？　だから彼も、いつも以上に安心感はあるはずだよ」

レイが、診察鞄《かばん》を肘《ひじ》当てのように置き直してそう言った。

「役に立てているといいんですけど……」

「学者の助手作業までできて見事だったよ」

もっと頑張らなくてはと、マロン子爵家の別荘の夜を過ごしてから思っている。

下を向いたエレナは、ルキウスに顔を上げさせられて心臓がはねた。

「エレナ。君は、いつだって僕の支えになってる」

頭を屈《かが》めた彼の吐息を感じた。美しい獣目がすぐそこで優しく笑って、エレナは体温が一気に上昇する。

その時、馬車が動き出した。ルキウスが手を放して座り直す。

「あら、ルキウス坊やは意外と大胆だね」

「何がですか？　それよりも、座席がないのでエレナの反対側は頼みましたよ」

「うん、それは紳士としてそうするけど。いいの？　彼女、真っ赤だよ」

レイは指を向けたが、ルキウスは「茶化すその手には乗りません」と言いながら、自分の鞄の中を探って本を引っ張り出していた。

（こ、この人、意識してないところがほんと心臓に悪いっ）

赤面していたエレナは、立てた膝《ひざ》に思いっきり顔を押し付けた。

上部には雨戸が開けられた柵《さく》付きの窓があり、外の音が入ってきていた。馬車の速度があるものだから風もよく回る。

やがて空気の匂いが変わり、しっとりとした緑の香が強まった。

馬車は緑地を走っているようだ。窓からこぼれる日差しも心地よくて、乗客達も癒《いや》されているみたいだった。

けれど賑《にぎ》やかな雑談は、やがて否応《いやおう》なしに閉じられることになる。

「うんうん、いい安定感だ。年寄りの腰にも優しい馬車だね」

「そ、そうでしょうか。結構揺れます」

「そりゃ、山を越えるために上っているんだもの」

喋りづらい中、レイは朗《ほが》らかに笑った。直前の言葉はなんだったのか、とエレナは茶化されている気分になった。

滑らない対策で設置されている壁下の持ち手を握っていたが、揺れ続けている床に体重の軽いエレナの身体は滑る。

「うわっ」

気付いたルキウスが、すかさず彼女の背中に腕を回し、前方へと滑ったエレナを自分側へと抱き寄せてくれた。

「大丈夫？　支え代わりに僕に掴まっているといいよ」

「た、助かります」

恥ずかしいだとか、そんなことを思っている場合ではない。

向かいのおじさんに突撃しかけたエレナは、彼のローブ越しにベルト帯を掴んだ。

御者担当をスムーズに替えながら、馬車はどんどん山道を進んでいった。

やがてようやく揺れが小さくなると、車内にはホッとした空気が漂った。すっかり日も暮れる目前だった。

「明日の朝には、山の手前で休憩予定です」

山のふもとに降りたようで、車輪の音はだいぶ穏やかになっていた。このまま森を進んで、緑続きで次の山を進むらしい。

業者の男達の呼びかけに、二日目に備えて乗客達が早々に寝る準備を始める。寝袋やブランケット、マントで丸くなって頭を埋めている者もいた。

それをぼうっと眺めていたら、不意に肩を抱かれて引き寄せられた。

「こっちへ」

低い囁《ささや》きにびっくりするよりも早く、ばさりという音が耳を打って、ルキウスが自分の大きなローブの中へエレナを入れた。

「この時期は森の中もだいぶ冷えるから」

「そ、そうでしたか」

エレナはそういうことかと納得して、両腕で囲むルキスウにドキドキしつつどうにか頷《うなず》く。

「おやおや、いいね。随分あったかそうだ」

「まぁ、その、とても暖かいです……」

レイの言葉で考えさせられ、確かにかなり暖かいと実感する。離れがたくなる心地よさであることを思っていると、まるで察したみたいにルキウスが抱き締めてきた。

「ル、ルキウスさんっ？」

「僕も暖かいよ。エレナがここにいてくれると、助かるな」

「え？　そうなんですか？　なら、私もルキウスさんを暖めますっ」

エレナは役に立とうと思って、恥じらいもなく彼の胸板に寄り添った。腕の中に閉じ込めていたルキウスが、唇をきゅっとして穏やかに獣目を細めた。

「三人の旅もいいねぇ。おやすみ」

ふふっと笑ったレイが目をそらし、毛布代わりのように柔らかなローブの裾《すそ》を抱き寄せた。

翌日、一度下車して川辺で長めの休憩を挟んだのち、四頭馬車は次の山道を進んだ。

開かれた雨戸の窓からは、長閑《のどか》な鳥の声がする。

なだらかな傾斜はしばらく続き、馬車の走行音は穏やかにさえ感じた。

「揺れてきたな。ここからは足場が悪い」

ガタガタとあの音が戻り始めた頃、隣から腕が回ってきて、エレナはルキウスの方にぎゅっと引き寄せられた。

(昨日と同じ……うん、分かってる、子供扱いなのよね)

それに慣れてしまって受け入れている自分には少し呆《あき》れた。

だが揺れがもっと激しくなった時、頬を彼の方に押し付けられて心臓がはねた。

「エレナ。ついてきてくれて、ありがとう」

彼の吐息が耳をくすぐって、かぁっと熱くなる。

慣れるなんて、無理。

いつだってルキウスの行動は、エレナの恋心をばくばく言わせた。特別な意味なんて本当にないの？　と疑いたくなるくらいだ。

「あ、改めてそう言わなくても……」

「僕はあの星空の下で、何年かかってもと君に言われて嬉しかったんだ」

その声に、切なさがあることに気付いてハタと顔を上げる。

見下ろすルキウスは、こらえるような、今にも泣きそうな顔で微笑んでいた。

「ルキウスさん……？」

「どうしたらいいのか分からない。君に触れるたび、放したくないと思ってしまう」

「え？」

「改めて誓ったのに、不意に溢《あふ》れそうになるんだ。問題も解決していない。僕は、好きな人と一緒になることができない。だから――君に『一緒になってくれ』なんて言えない」

抱き締められた拍子に、消え入るような声が耳元に落ちてきた。

（え、それって……）

考える暇はなかった。突然、ガタンッと大きな音を立てて馬車が揺れた。

驚いて目を走らせると、レイの視線とぶつかって彼が唇の前に人指し指を立てた。

「静かに」

外に耳を澄ませて彼が素早く言った。

同じく外に注意を向けたルキウスが、エレナの肩を強く抱き寄せた。

直後、馬車が急にスピードを上げた。馬の嘶《いなな》き。怒号。険しい山の傾斜を登っていたというのに前触れもなく危険な速度で走った馬車に、乗客達の悲鳴が響いた。

「い、いったい何が起こっているのっ」

ルキウスが抱き締めてくれている腕の中でエレナは叫ぶ。車内にいた業者達がいつの間にかいなくなっていて、御者席の方が騒がしい。

馬車が一際大きくはねた。

振動で留め具が外れて雨戸が一斉に降りた。車内が突然薄暗くなり、乗客達の混乱がいよいよ強まる。

すると御者席側の戸が開き、業者の男が顔を覗かせた。

「皆様！　頭をできるだけ伏せてください！」

「いったい何が起こったんだねっ」

「それは」

次の瞬間、荷台を激しく揺らす馬車がガッタンと大きくはねた。質問した男性が転がり、同じ壁側に座っていた中年男が慌ててコートを掴む。

と同時に、外から銃声が鳴り響いた。業者が素早く御者席側へ戻り、姿が見えなくなる。

「ちくしょー撃ってきやがったぞ！」

「なんて奴らだ！　撃ち返せ！」

御者席側から発砲音が起こった。突然撃ち合いが始まってエレナも悲鳴を上げた。

山賊だ。車内は騒然となった。銃声と共に壁に穴があき、頭を低くした彼女をルキウスが庇《かば》うように抱える。

「やれやれ随分気が短いっ」

レイが頭を下げるように腰を滑らせた。転がりそうになった鞄をしっかり掴む。

「初めは口頭による交渉がセオリーじゃない？」

「そ、そんなこと言ってる場合じゃありませんっ。どうにかしないと」

「恐らくは獣人族が乗車している可能性を警戒してのことでしょう。これじゃあハチの巣だ。

馬車が停《と》まるのも時間の問題――」

荒事に遭遇した経験が数多いルキウスの言葉が、車体の大きな揺れで途切れる。

車輪を撃たれたのか、馬車が激しく左右に揺れた。銃撃音と怒声、馬の嘶きと車内に響く悲鳴。どうにか馬車は持ちこたえてくれているようだが、馬は半ば暴走しこのままでは道を踏み外す可能性も予感された。

「僕とレイを下ろせ！　少しは時間稼ぎになる！」

ルキウスが御者席側へ向かって叫んだ。

「そんなことできません！　お客様を危険に晒《さら》すなどと！　この速度と岩場です、飛び降りたら並の獣人族でも怪我《けが》をしますよ！」

ライフル銃を構えた男が戸に背中を寄せ、装弾しつつ叫び返した。

ルキウスが言い返そうとしたのを、レイが止めた。

「落ち着きなさい。初めの撃ち合い以降、壁に穴はあけられていない。つまり馬車を止めるのが、彼らの第一目的なんだ」

「命を奪うことはしないと言いたいんですか？　しかし停車してしまったら」

「停車させればいい。ようは〝馬車が停まれば〟業者も下車を止めないわけだ」

エレナは察して目を剥く。

「まさかルキウスさんを外に？　冗談ですよね？」

「本気さ。車内は僕が守ろう、だからルキウス坊やは外を」

「分かった」

ルキウスが頷く。

「分かっちゃだめですっ」

咄嗟に叫んだ直後、馬車が一層激しく揺れてルキウスに支えられた。

馬の甲高い興奮の声が聞こえ、暴走を察知したのか馬車が急停止した。

車内にいた男達が、護身用の銃や狩猟《しゅりょう》用のライフルを取り出す。ルキウスが外に耳を澄ませながら立ち上がった。

「ここで待っていてくれ」

「だ、だめですルキウスさんっ」

必死に手を伸ばしたが、届かなかった。ルキウスは「大丈夫だから」とエレナに微笑むと馬車の扉を開けて外に飛び出していってしまった。

外には二十頭以上の馬と山賊がいた。馬を降りた男達が、出てきたルキウスの獣目を見てギョッとする。

「こいつ獣人族だ！」

「ひるむなやれ！」

無精髭《ぶしょうひげ》を生やした一人の男が素早く合図を出すと、刃物《はもの》を構えた男達が動き出した。

振り下ろされるサーベルに悲鳴を上げたエレナを、レイが馬車内に引っ込める。ルキウスが攻撃を避《よ》け、ローブの裾をはためかせながら男の腹部をしたたかに打った。

業者の三人の男達が滑るように車内に入り、予備の弾薬を銃に詰め始める。

銃器を構えた客達も、開いた扉前へと集結した。

「俺らも加勢するっ」

「ありがとう、だが何があろうとお客様は車内からは出ないように！」

エレナは新緑色の目を見開き、山賊と素手でやりあっているルキウスを見つめていた。彼は躊躇《ちゅうちょ》せず相手の懐に飛び込み、多数を相手に次々と体術で組み伏せる。

（つ、強い）

学者なのに、賊を圧倒していた。

「こいつ戦闘系の種族か⁉　しかたないっ、やれ！」

リーダーらしき無精髭の男の怒号が飛ぶと、男達の数人が銃を構えた。

発砲が続けて鳴り響いた。ルキウスは突き進むのをやめず、眼前で弾丸をすれすれで避けて一人の男の顔面を鷲掴《わしづか》みそのまま地面に引き倒す。

いつ銃弾が当たってもおかしくない混戦にエレナは恐怖した。

「やめて！」

「あっ、エレナちゃんやめなさいっ」

向こうを覗き込んでいたレイの手を、エレナは逃《のが》れた。驚いた業者が「お客様!?」と手を伸ばしたが、彼女は華奢な身体でかわして外に飛び出した。

「ルキウスさんを殺さないで!」

走り出したエレナは、次の瞬間、ローブの袖《そで》に腕が引っ張られるような感覚がした。

弾丸が布地を破り、皮膚の表面を浅く裂く。

エレナにかすった銃弾が馬車の扉枠に当たった。業者達が一斉に車内へ頭を引っ込める中、彼女は反射的に腕を押さえショックから膝をついた。

痛い、熱い。

(大丈夫、かすっただけ)

自分に言い聞かせるが、銃の怖さは村の狩猟でもよく知っていた。

完全に当たっていたらもっと痛いんだろうなと想像したら、心臓が震えてもっと痛いくらいどくどくしてくる。

と、場の銃声音と騒がしさが止まっていることに気付いた。

ハタと顔を上げてみると、山賊達が慄《おのの》きながらルキウスの方を見ていた。

「――この時ほど、自分が〝化け物〟であって良かったと思ったことはない」

ルキウスの白い髪が揺らいでいる。ブルーサファイアを煌々《こうこう》とさせた獣目には、普段の彼からは想像もできないほどの憎しみと怒りがあった。

「なんだこいつっ、目が光ってるぞ!?」

男達が動揺する間にも、低い唸《うな》り声を上げルキウスの手が獣へと変化していく。

「ここは僕がなんとかする。エレナはここから、――そして僕から逃げてくれ」

直後、ルキウスの獣目に獰猛《どうもう》な光が宿った。

咆哮《ほうこう》を上げ、彼の顔が獣になる。その体格はみるみる大きくなり、体毛を生やしながら四つん這《ば》いの獣へと変えて、細い尻尾《しっぽ》も生えた。

「ルキウスさん！　そんなのいやぁぁぁぁ！」

エレナの絶叫と、蘇《よみがえ》った古代の獣の咆哮が響いたのはほぼ同時だった。

そこに現れたのは、見たこともない大型獣だった。虎とも似ているが細い胴と長い後ろ足、口からは胸にまで届きそうな長い牙がある。

と、獣が眼前の山賊達を目に留めて急発進した。

放心状態だった場が一瞬で混乱のるつぼと化した。馬車側で「危ない！」と悲鳴が上がり、刃物を持っていた山賊達も一斉に銃に切り替えた。

「な、なんだよありゃあ！」

「化け物だ！　食い殺されるぞ、撃て撃て！」

山賊達が後退しながら発砲した。獣は真っすぐ突き進みながら、眼前すれすれで俊敏に銃弾をかわしていく。

その様子を見て、馬車から窺っていた業者と乗客達が震え上がった。彼らは反射的に集団狩猟時の姿勢を取ると、山賊達と同じく一斉に獣へ銃口を定めた。

「ひぃい！　次から次へとなんだ！」

「俺らだって分からねぇよ！　お客様が化け物になっちまうなんて！」

「いいから構えろ！　来たら一斉威嚇《いかく》射撃だ！」

恐れる人々の混乱。響き渡る銃撃音。

山賊の一人がまたしても獣の前足で吹き飛ばされ、一斉射撃すれば獣は一瞬で後退し別方向からまた獲物目がけて突進していく。

これは、何？　悪夢なの？

銃声で耳がぐらぐらする。馬車と山賊の間で、エレナは腕を抱えて呆然としていた。

馬車から、レイが呼んでいるような叫び声がする。危険だから戻れ、と。

(そんなの、だめ。嫌。できない)

まだ思考が現実に追いつかないのに、それだけは確かだった。

獣がまたしても銃弾を避け、山賊達の中に突っ込んだ。一人の男が盾にしたライフル銃ごと押し倒されて、エレナはハッとした。

「ルキウスさんだめ！」

人を殺さないように、兄と頑張ってきた。

そう語っていた彼を思い出して肝が冷え、エレナは身体の奥から突き動かされるような衝動と共に走り出した。

その時、馬車の方から続けて発砲され獣が山賊の上から飛びのく。

「こ、こんなところで、獣の踊り食いをお客様に見せるかよっ」

援護射撃した業者の方を見て、山賊が目を見開く。

「助かった！」

素早く起き上がった山賊が、攻撃態勢へと戻った。

「バカヤロー二時の方向だ！」

「分かってる！　恐ろしいほどに速ぇんだよクソ！」

「双方の銃弾を合わせればいけるかもしれん！　みんな加勢しろ！　喰《く》わせるな！」

馬車から、狩猟銃を構えていた中年男が引き続き叫ぶ。

獰猛な大型獣という一つの敵が登場したことで、その場で一致団結したかのように外の山賊と馬車からの一斉射撃が開始された。

「お願い撃たないで！　彼はルキウスさんなの！」

エレナは喉《のど》が痛いほどに叫んだが、その悲鳴は繰り返される発砲音にかき消される。

誰の耳にも入っていない。

そこに漂うのは、恐怖に呑まれた混乱の空気だけだ。獣を含め、誰もが冷静さを失っている。

（こんな時に、声を届けられたら――）

そう思ってハッと思い出す。

『植物が反応するのは、一度で言葉として意思を正しく伝えられているから』

ルキウスと出会って間もない頃、故郷で彼が語ってくれた穏やかな声と、長閑な光景が脳裏をよぎった。

あの頃には、もう彼に惹《ひ》かれていた。あの時間をまた彼と――。

可能性があるのなら、賭《か》けるしかない。エレナは全員の視線を集められる中心地で震える足を止めると、全ての保有魔力を引っ張り出すイメージで強く想いを込めて叫んだ。

「《お願い私の声を聞いて！》」

直後、一際大きな銃声が聞こえた。

場が静まり返った。エレナは自分の身に何が起こったのか察していたけれど、命の源が溢れてくる前に、とやれることに集中する。

彼女は魔力発動の淡い光を帯びた新芽色の瞳《ひとみ》で、静かに場を見据えた。

「《人よ、心を鎮めて銃を下ろして》」

言葉が、胸の奥から溢れてくる。

彼女の瞳に見据えられた誰もが、従ってゆっくりと銃を下ろした。エレナは続いて、喉の奥で唸る獰猛な獣へ視線を定める。

「《獣よ、人の心を思い出して》」

その声を聞いて、獣が苦しそうに後退しながら頭を振った。

誰もが息を呑んで見守る中、獣の体格が徐々に削れて人へ変化していく。それはとても異様な光景だった。

「《あなたは人よ。とても、優しい人》」

獣が苦しさも忘れたみたいに、不意に穏やかな顔を空に向ける。

その身体が淡く光り、次の瞬間にはルキウスがそこにいた。

裸体の彼がガクンッと膝をついた。彼に素早く走り寄って、レイが状態を確認しながら自分のローブを着せる。

(――ああ、よかった)

微笑んだエレナの口から、つうっと血がこぼれ落ちた。

動揺と恐怖を一気に鎮められた人々が、戸惑いの目をギョッと見開いた。

彼女の赤いローブの腹部には、おびただしい量の出血があった。気力を全て使い果たし、華奢なエレナの身体が崩れ落ちる。

「お、おい嬢ちゃん大丈夫かよ！」

「誰かっ、医者を――ああそういやお客様に医者がいたな！　くそ！」

「自己嫌悪している場合か！　流れ弾が当たっちまったんだよ！」

山賊と馬車側から次々に声が上がった時、ルキウスがブルーサファイアの目にハッと理性の光を戻した。向かうレイの隣を走り抜けてエレナの元に駆けつける。

「どうして、こんな。ああ、神様」

滑り込むように膝をついたルキウスが、エレナの乱れたローブを見下ろし、腹部からの出血を大きな手で押さえた。

だが、血はどんどん溢れてくる。

「だめだ。エレナ、頼む」

自分の大きな手が真っ赤に染まるのを、彼は潤んだ獣目で見つめ狼狽《ろうばい》する。

エレナは息も絶えだえだった。当たりどころが悪かったのだろう。けれど絶望の表情を浮かべているルキウスを放《ほう》っておけなかった。

「……これは、私が悪いんです。何もできないのに、じっとしていられなくて、飛び出して」

血の付いた手を、震えながら伸ばす。

彼が両手で傷口を押さえたまま顔を寄せ、頬を押し当てた。その獣目から、とうとう涙が一筋こぼれ落ちる。

「エレナ……っ」

「落ち、着いてください。ルキウスさんの事情は分かっているんです。私……だから、結婚はできなくてもいい」

「いったい急に何を」

ルキウスが戸惑いの表情を浮かべる。

痛くて苦しい。もしかしたら、もう伝えられないかもしれない。そう思ったらエレナは悲しくて、泣いて、胸に隠していた言葉を彼に伝えずにはいられなかった。

「そばに、いさせて」

「え……？」

「それだけでいいんです。求婚痣がなくなっても、そばに。あなたを愛しているの」

エレナは目をくしゃりとした。

ルキウスが瞠目を大きく見開き、それから、すがりつくみたいに彼女の手に頬をすり寄せた。

業者達も乗客達も山賊達も、かける言葉もなく動揺して佇《たたず》んでいた。

レイがそばに膝を折って、鞄を置いた。エレナは彼を見た。

「先生、私、死んじゃうの……？」

死にたくない、と今になって思ってしまった。悲しみの顔をさせたまま、ルキウスを一人残して逝《い》けない、と。

「いや、死なせはしないさ。僕は医者だよ」

レイが鞄を素早く開きながら、ぎこちなく笑った。厳しい状況なのだろう。意識がくらくらしてきたエレナは、「頼り甲斐《がい》があります」とだけ答え苦しげに微笑み返した。

「こ、殺すつもりはなかった！」

状況の深刻さを見て取り、山賊達が狼狽《うろた》えて喚いた。

「そうだっ、銃だって俺らは威嚇用で持っているだけで」

「うるさい黙れ！　彼女はお前達が襲ってきたせいで死にかけているんだぞ！」

「落ち着くんだ、ルキウス坊や」

睨《にら》みつけたルキウスの両手に、レイがそっと手を添えて告げた。

「また獣になりたいの？　彼女が、決死の想いで君に人間の心を取り戻してあげたんだよ」

ルキウスがハッとして唇を噛む。

「ここにいる全員落ち着くんだ。さ、手を放して。彼女の傷を見てみないと」

レイが診察道具を取り出し、エレナの状態を確認する。

「――良かった、銃弾は綺麗に貫通している」

安堵《あんど》混じりに呟いたレイが、止血作業に入りながら、ふと眉《まゆ》を寄せてルキウスへ目を戻した。

「それにしても君、レディの前だというのにひどい恰好《かっこう》だな」

「それは……申し訳なかった」

唯一身にまとうローブの胸元を握る。そばを離れたがらないのを察して業者達が鞄を持ってきて、ルキウスが有難く受け取って手早く着替える。

そんな中、レイは処置を施しながらエレナの目を覗き込んだ。

「止血道具も薬も足りないが、大丈夫だ。もしやと思って君の魔力を探って試してみたら、止血反応を引き出せた。これなら僕の魔力操作でもうまくいく」

「私の、魔力？　それに先生は獣人族なのに、魔力操作ができるんですか……？」

「まぁね。僕と君の『魔力の相性がいい』のも幸いした」

手早く服を着たルキウスが、ボタンを留めながら振り返る。

「どういうことだ？」

「竜種である僕の中には、古代の獣人族が持っていた魔力が流れている」

レイは、安心させるようにエレナを見つめたまま言った。

「それを君の中の魔力に働きかけることで、一時的に出血は抑えられる。だが説明している時間はない、今は僕を信じて、いいね？」

早口で言われ、エレナは苦しみながらも頷いた。

「というわけで、出血の件はなんとかなりそうだ。移動の問題は、いつものを使う」

「いいのか？」

「非常事態だ。僕は医者として、彼女に『死なせない』と約束した。君にとっても、最初で最後の人だぞ」

「レイさん！　今はそんなこと言っている場合では——」

「茶化してはないよ、真実だ。もしかしたら、彼女だけが君を救える」

見ていた者達の手も借りながら、レイが素早く止血処置を仕上げた。服の上からエレナにきつく包帯も巻き、合間に血で濡《ぬ》れた手で一つの笛をルキウスに投げて寄越した。

「僕は手が放せない。代わりに笛を吹いて『呼んで』くれ。王都で合流予定だったが、きっと暇をしてそのへんを飛んでいるはずだ」

察したと言わんばかりにルキウスが笛を吹く。

不思議な、遠い昔を思わせるような細い音色がした。それを聞いて、エレナは身体の芯《しん》に響いて不思議と心が安らぐのを感じた。

「ああ、君も古代の音色が〝保有魔力に響く〟んだったな。随分な出血できついだろうが、まだ意識は飛ばさないでくれ。君と僕の魔力を繋げる」

「は、い」

重くなった瞼《まぶた》をどうにか開ける。レイが処置の終わった腹部に両手を当てた。するとと、彼が当てている両手から温かな光が起こり、エレナは何かが血管を通っていくような感覚を覚えた。

痛みが和《やわ》らぎ、包帯に滲《にじ》み続けていた出血が――止まった。

いったん緊急性は脱したのか、ふー、とレイが息を吐いた。

「エレナちゃん、僕達の『裏技』の秘密を教えよう。それから、ここにいる全員、これから見ることは秘密にできるね？　そこの君らには、馬車を破損させた責任をつぐなって、乗客達を無事に王都まで連れていってくれるのなら今回の騒ぎについてもなかったことにしようじゃないか。それでどうだね？」

促された業者と乗客、そして山賊も顔を見合わせた。

「……まぁ、共闘して妙な仲間意識持っちゃったしな」

「命からがらだったのに、警備部隊に突き出すのも忍びないですしね」

「護衛なら得意だよ。元々俺らは傭兵業《ようへい》だった」

三者三様に納得したのを見て、ルキウスが溜息《ためいき》を細く吐いた。

「それが取引であれば、呑むしかない」

「俺らからすると、あんた大丈夫かって質問したいんだが……ありゃいったいなんだ、病気か？」

山賊が、おずおずと質問する。

怖がっているというより、心配している顔だった。エレナは苦しかったけど、それを見て場違いにも笑いそうになった。

「理解して、くれる方々もいるんですよ、こほっ」

「エレナッ、無理をして話してはだめだ」

慌ててルキウスがそばに寄る。心痛めた表情は見ている者の胸を締め付けるほどで、それが何かしら事情があるのだろうと全員が察して警戒を解いた理由でもあった。

その時、急に大きな影が落ちた。

ハッと顔を上げた男達が、仰天して騒ぎ出す。

「なんだ、ありゃ……!?」

大きな羽ばたきの音がした。強い風につられて目を向けたエレナは、巨大なドラゴンが翼をしまいながら、木々にぶつからないよう降り立ったのを見た。

ぬらりと光を反射する銀が混じったような紺色の鱗《うろこ》、金色の獣の目が一同を見据えた。

「孫だ。僕と同じく医者で、単身活動している」

慄く者達に、レイが告げた。

「我ら最古の竜種の一族は、竜と人間どちらの姿も持つ者が生まれることがある――だが、これは秘密だよ。いいね？　さあ、王都へ行こう」

ルキウスが「また呼んですみません」と走り寄りながら、ドラゴンに事情を説明する。その声がエレナの耳から遠くなっていく。

（ああ、くらくらするわ）

ドラゴンだなんて、空想の生き物だと思っていた。王都の空をたびたび飛んでいる影を見ることがあるとか、ないとかいう噂話《うわさ》の――。

その時、エレナは、ドラゴンの頭の向こうから鷹がやってくるのが見えた。

首に下げた防水袋が揺れている。ああ、きっと兄のシリウスだ。彼からのルキウスへの手紙を持ってきたのだろう。
胸に片手を添えたまま、レイに抱き上げられるのを最後にエレナは意識を手放した。

終章　古代種と古代魔力

目が覚めた時は、王都だった。

そこは白が目立つ大きな部屋で、そばの窓からは美しい町並みが一望できた。もっと驚いたのは、ルキウスが手を握ってベッドのそばでずっと待っていたことだった。

「エレナ、良かった！」

ルキウスは無事を喜んでくれた。彼がつきっきりで時間ごとに魔力球石で作られた薬を飲ませたおかげもあって、腕と腹の傷はとっくに完治したのだとか。

それを聞いて、エレナはベッドに座った状態でがばりとシャツをまくった。

ルキウスがギョッとして慌てて目をそむける。

「エ、エレナ何を……っ」

「すごいっ、傷跡もないです！　お腹《なか》は白いままですルキウスさん！」

「……それを確認したくて上げたわけか……。その、君にとっての僕の立ち位置が分かるようだけれど、ひとまず僕に見せなくてもいいんだよ。君はいちおう十七歳の淑女なわけで……」

「あ、そうでした」

エレナは、シャツを下に戻した。

すると老人の笑い声が聞こえてきた。

「君達は相変わらず愉快だねぇ。目覚め早々、大爆笑させられそうになっちゃったよ」

「先生っ、ご無事だったんですね！」

「僕は無事だよ。それにしても良かったよ、丸二日でここまで完璧《かんぺき》に完治するとはね」

椅子《いす》を引っ張って、レイがベッドのそばに腰かける。

「君の体内にある古代魔力と、魔力球石で作られた薬がうまく作用してくれたおかげさ」

「古代魔力……？」

きょとんとするエレナに、レイは微笑《ほほえ》みかける。

「さあ、エレナちゃん。君が昔から謎《なぞ》だと思っていた、その魔力の秘密を解こうか」

扉から白衣の者達が入ってきた。周りの器具をてきぱきと下げていく中には、医療関係者とは思えない白い制服衣装の男達の姿もある。

広々とした空間に、他《ほか》の病床がないのを見てエレナは不思議になる。

「まずは、ここがどこであるのか説明しよう。ここは王都の、人族の魔力持ちの専門機関だ」

「あっ。私、その一階で再検査を受けたことがあります」

「そうだね。そして、魔力測定では何も出なかった。それが君とご両親が抱いていた謎だったんでしょ？」

優しく問われ、エレナはこくりと頷《うなず》く。

「まず、君が使った〝声〟は、古代魔力の一種だ。遠い昔にあった、ほぼ失われつつある人族の魔力だよ」

現在の魔力とはまったくの別物で、普通の魔力測定では感知できない。

通常の保有魔力とは作用が異なるため、植物が反応するというエレナの不思議な現象も古代魔力なら起こり得る範囲内だという。

「そして、まるで運命の巡り合わせみたいに吉報も届いた」

「吉報……ですか？」

エレナが小首を傾《かし》げるそばで、ルキウスが一通の封筒を取り出した。

「それは、お兄様から届いた手紙？」

「そう。兄さんから送られてきたのは、魔力器官を有した人族の人体図――だと僕は思ったんだが、古代魔力の方の図解だったみたいだ」

「謎に包まれていたエドレクス王国の『賢者の目』もまた、古代魔力だったわけさ」

レイが長い脚を組み、片手を上げルキウスの方を示して続ける。

「つまり獣化を自分達で解こうとしたこの双子の兄弟が、今回目星をつけて話し合い、まず兄の方が向かったエドレクス王国の『狼男《おおかみ》』は〝当たり〟でもあった」

エドレクス王国の『狼男』は、人族版の獣化であると専門機関は判断したようだ。

「レイさん、あなたが『朗報だ』と言ったのがどうしてなのか、僕は会議後の話は聞かされていないのですが……」

「これから専門機関の者が来るから、詳しくは彼らに聞いた方がいい。でも、僕は思わず笑っちゃったね」

どういうことだろう。口に拳《こぶし》を当て肩を笑わせるレイを前に、エレナはルキウスと顔を見合わせた。

「彼は数少ない原種の古代種の一族の先祖返りで、君は極めて貴重な古代魔力の持ち主だったわけだ。そんな双方が出会い、出会った時から互いが惹《ひ》かれ合い、運命のように恋に落ちていった――これをまさに『運命』と言わずしてなんと言う？」

含み笑いでそう言われて、エレナは頬《ほお》をさっと染めた。

（今、互いが恋に、と先生は言ったの？）

出会った時からルキウスばかり見ていたのは思い出した。でも、それはルキウスも同じなのだろうか。

馬車の中で言われた言葉が今になって蘇《よみがえ》り、胸がドキドキしてくる。

もしかして、と思って彼の方へ新芽色の目を向けようとした時、上質なマント付きローブの集団がぞろぞろと入室してきて驚いた。

それは、王都で〝特殊な方の〟魔力測定を行っている専門機関の者達である、と代表の五十代の女性が言った。

「存在を知っているのは一握りですので、詳細はどうぞご容赦ください。私はトップを務める五人のうちの一人、と名乗っておきましょう。所属の名はリリムエルゼイア」

本名ではないらしい。リリムエルゼイアに、部下だという男達と共に丁寧に態度でも謝辞を示されてエレナは恐縮する。

「エレナ・フィル、あなたは滅多にない古代魔力の持ち主であり、我々が把握しているだけでも国内に四人しかいない使い手でもあります」

「使い手とは……生産師や治療師の方々と同じ？」

「違います。あなたの場合は、声で魔力を発しているのです。それは動植物の精神に直接作用します。分かりやすく言えば、あなたの声は魂や精神に〝直接響く〟わけです」

可能性は浮かんでいたが、やはり〝動物〟にも作用するのだ。

エレナは、騒動の中で全員が声を聞き届けたのを思い返す。思い返せばかなり危険な賭《か》けでもあったが、それだけルキウスを守りたくて必死だったのだ。

「古代魔力は、今も未知の部分が多くあります。しかしレイ様も可能性に気付かれたように、あなたの古代魔力の効能と作用を見るに、古代種の先祖返りを軽減させられる可能性がとても高いです」

「えっ」

ルキウスが思わず声を上げる。彼が素早くレイを見つめると、レイは「だから『彼女だけが』と言ったじゃない」と拗《す》ねた顔をする。

エレナは、パッと身を乗り出してリリムエルゼイアに確認する。

「それは本当ですか!?」

「はい。先日、ルキウス博士の兄上殿から送られてきた人体図は、古代魔力を作用させるための体内の魔力操作の方法図です。相手への〝魔力供給〟と〝固定化〟も鮮明に描かれています。こんなにも明確に手順が書かれた指南書は、我が国には存在していません」

つまりシリウスは、偶然にも専門機関にとって大変貴重な新しい発見までしてくれたということだ。

「そうか。道理であなた方がこれを欲しいと言ってきたわけだ……」

状況を把握したルキウスが、呆《ほう》けたような吐息をもらしながら前髪をかき上げた。

「つまり狼男は、エドレクス王国の古代魔力で人間になった、とあなた方は考えてもいるわけですね？」

彼が慎重に尋ねると、リリムエルゼイアは「そう考えるのが自然です」と眉《まゆ》一つ動かさず断言した。

「ルキウス博士が兄上殿と立てた仮説は、かなり有力だと言えるでしょう――我々にとっても、古代魔力との関係を調べられる大変貴重な機会でもあります。そこでこの古代魔力の図式を元に、エレナ・フィルにご協力いただき、前例のない先祖返りの〝治療〟をぜひ試させて欲しい、とも思っています」

「私が、ルキウスさんの治療を……？」

「あなた方の旅の目的は知っています。しかし、魔力を操作するのも繋《つな》げるのも苦労が伴います。それでもよければ頑張ってみますか？」

ずっと堅苦しい表情でいたリリムエルゼイアが、選択肢を委《ゆだ》ねて小さく微笑んだ。エレナは新芽色の大きな目を見開く。

（私が、彼の呪《のろ》いを解く、その〝鍵《かぎ》〟になれる）

答えなんて決まっている。

エレナは頬を上気させ、迷わず女性の手を握った。

「お願いします！　私っ、頑張りますからなんでも試させてください！　どうかよろしくお願いします！」

――そういうわけで、診察で体調に問題がなければ早速場所を移動する運びとなった。

◆

専門機関の偉い人達が全面協力してくれることになり、エレナは四方を壁に囲まれた訓練場と呼ばれる部屋で魔力テストを行った。

魔力操作が可能な人族は、全体の僅《わず》か一パーセント未満だ。

エレナの場合、魔力操作さえ完全に意思と声で行われていることが判明した。

そこで専門機関の者達が、シリウスが送ってくれた人体図を元に、言葉による施術手順を作成し、大勢の専門家のもと実践に移されることになった。

結果、ルキウスの獣化はほぼ制御可能となった。

精密検査をすると、異常なほどあった彼の先祖返りの数値も通常まで下がったことが確認された。それは専門機関の者達にも大きな成果だった。

「エレナさんの古代魔力が胸の中にありますから、ルキウス博士は獣化を自身で止めることが可能です。もし獣化したとしても、自我を忘れてしまうことはないでしょう」

人に戻るには、古代魔力が作用するまで数十分ほど待たなければならない。

エレナなら〝声〟の古代魔力ですぐに姿を戻せる、とリリムエルゼイアは告げた。

「固定化された魔力はレイ様であれば診《み》ることが可能ですから、定期的にこちらにいらしていただく必要はないでしょう。何かありましたらお訪ねください」

施術直後は走り続けたみたいに身体《からだ》がふらふらしていて、エレナは各部屋での検査もずっとルキウスに車椅子を押してもらっていた。

【呪いは解けた――王都で待ってる】

そう、ルキウスは兄へ報告の手紙を送るつもりらしい。彼にしては尊大な感じがする書き方というか、いつもと趣向が違っていいのではとエレナも笑って答えた。

最後に面談したリリムエルゼイアのもとからは、ようやく自分の足で出られた。

なのでエレナは、国立機関の最上階の回廊に出たところで、手紙の返事を早速書いてきたらどうかと提案していったんルキウスを見送った。

大好きな兄に少しでも早く報告したくてたまらないだろうから。

(なんだか、ハードだったけどあっという間の半日だったというか)

回廊から地上を眺め、しばらく風を受けながら疲労感もあってぼうっとしていた。

たぶん、『終わったんだ』というのもあるのかもしれない。

施術ではルキウスにごっそり体力のようなモノを持っていかれた感覚はあった。絶対に失敗できない緊張感は一時間にも及び、その後は彼に車椅子を押され慌ただしく建物内の施設を右へ左へと行った。

考え事をするだけの体力を戻したくて、ぼんやりとしていた。

風になびく髪を手で押さえた時、ルキウスが回廊に出てくるのが見えた。

「あれ？　お兄様へもう手紙を送ったんですか？」

しばらくも経《た》っていない気がする。不思議に思いながらエレナが向こうに声を投げると、ルキウスも吹き抜ける風に負けないよう答えてくる。

「そこの事務所で手紙は書いたよ。レイさんの孫が『散歩のついでに』とエドレクス王国まで鷹《たか》を送ってくれるらしい。きっとすぐに届くよ」

それは良かった。

そう思って、エレナは心の底から微笑んだ。まさか屋上が竜種の一族のための専用離着陸場にもなっているとは、夢にも思わなかったけど。

あの時、レイが孫だと言っていたドラゴン。

レイもルキウスもあえて名前を口にしないのを見て、エレナも尋ねなかった。秘密だと言っていたし、本人が名前を知られたくないと希望したのかもしれないし――また縁があるのかないのかは分からない。再会することがあればお礼を言いたい。

「お兄様もすごく喜びますよ」

隣に来るのを待って、エレナは彼にふわりと微笑みかけた。

ルキウスの頬が少し赤くなった。彼が落ち着かない様子で王都の街並みを見下ろした。

「じ、実は、兄さんみたいに格好《かっこう》をつけたくて暗号みたいに書いた手紙に、もう一つ、内容を付け加えていて……」

「あら、そうなんですか？」

驚かせたいから返事の方にたくさん書くんだ、とルキウスは話していた。でも結局のところ礼儀正しい彼は、追伸のはずの部分に本文を添えたのだろう。

そう彼らしい部分を考えていると、塀《へい》に置いているエレナの手にルキウスの手の横が当たった。

　何かしらと目を向けると、おずおずと彼の手が動いて上から握られる。包み込むその大きな手は、赤くなっていた。

「あっ……」

　エレナはルキウスを見上げ、目を見開いた。

　彼は顔の下を手で覆っていて、耳や首まで真っ赤になっていた。

「僕が兄さんの手紙に添えたのは、決意表明というか……その、『愛する人に告白して、会う時には婚約者になっているといいな』と書いたんだ」

　口にしたルキウスの顔が、沸騰《ふっとう》したみたいにさらに赤くなる。

　エレナもみるみるうちに赤面した。

　胸がうるさいくらい早鐘を打った。馬車内で言われたことを忘れていたわけではなかった。でも、ここに来るまで二人きりにならなかったから、うっかりしていて――。

「エレナ、君に求愛したい」

　正面を向いたルキウスにそう言われて、心臓がはねた。

「えっ、え？　ルキウスさん、ちょ、待って、求愛って」

　心の準備が――と思った次の瞬間、いきなり勢いよくルキウスに頭を下げられ、身構えていた彼女は拍子抜けした。

「僕と結婚して欲しい！」

それはまるで謝罪の一姿勢みたいだ。結婚の申し込みってこんなに激しいものだったかしらと、彼女は田舎《いなか》と都会では違うのかどうかぽかんと考えてしまった。

回廊の先で、レイが白い制服の男達と共に建物の物陰にひゅっと隠れたのも見えた。

大変わくわくした目で見つめられていたのが恥ずかしい。

堅実で義理堅いルキウスが、『好きです付き合ってください』からではないのも、彼らしい台詞《セリフ》選びだとも思ったけれど――。

頭を上げたルキウスは、目も潤むくらいの赤面っぷりだった。

思わずエレナも、真っ赤になってしまった。

「そ、その、僕は学者仕事が好きだ。その分野に身を投じた理由は、獣化が理由だった。でも色々なことが学べて、知識だけでしか知らなかった場所を実際に訪れることも好きだ。君が学者の妻でもいいのなら、その、……僕は君と、夫婦になりたい」

恥ずかしすぎて消え入る声になった。

エレナは嬉《うれ》しくて胸が震えた。彼らしい誠実な物言いには心を掴《つか》まれたし、ルキウスに夫婦となることを一心に望まれているのが嬉しすぎた。

喜びが身体の奥から溢れて、満面の笑顔で何度も頷く。

「もちろんですっ！　私をルキウスさんのお嫁さんにしてください！」

ルキウスの獣目にも、嬉しそうな輝きが宿った。

「本当に？　いいの？　君がいいのなら、このまま婚約申請所に足を運びたい」

「すぐ？　ふふっ、意外と待てないんですね」

「ああ、僕は君のこととなると意外とせっかちにもなるんだ」

嬉しくて距離を詰めたエレナの両手を、ルキウスは取る。

「一分一秒も待っていられない。君と結婚の約束をつけるまで、僕は落ち着いてなんていられないと思う。他のオスに取られたくないんだ」

「少し落ち着いてくださいい、嬉しすぎて私顔がすごくにやけて——あ。確かに獣人族は本婚約というんでしたっけ？　求愛って、確か噛《か》む行動でしたよね？」

「あ。えーと……」

ルキウスが、途端に視線を合わせられない様子で顔を横に向けた。

「その……獣人族は仮婚約のあと、本婚約をするんだけど……実は、その、すでに君の肩についている求婚痣《あざ》が本婚約用、というか」

エレナは、彼が以前からよく反省を示した理由を悟った。

だからあの時レイは、『他の獣人族が知ったら度肝を抜く』と口にしていたのだ。そして、『やってくれたね』とルキウスを叱《しか》ったわけである。

獣化して襲ってきた時には、すでに求愛したいほどエレナを好いてくれていた。

つまり本能で噛んだのは、彼の本心からの求婚の証《あかし》だったのだ。

エレナは歓喜からふるふると震え始める。ルキウスはそれをなんと取ったのか、慌てて目を戻すなり詫《わ》び始めた。

「黙っていてごめん。そういう意味じゃないとあの時は咄嗟《とっさ》に否定したけど、惚《ほ》れたから本能で噛み付いたなんて知られたら――」

「惚れてからの？　それを知れてとっても嬉しいです！　好きっ、大好きです！」

エレナは、喜びのあまりルキウスに飛びついた。「うわっ」と声を上げたルキウスは、しっかりと抱き止めた。

「僕も、すごく嬉しい――エレナ、君が好きだ」

彼が顔の熱が引かないまま抱き締め返し、エレナの肩の間に顔を埋める。

「私も、ルキウスさんが好きです。どうか、ずっとそばにいさせてください」

嬉しくって、喜びすぎて顔がにやけてしまう。

好きだと彼に伝えられるのが、とても嬉しい。大好きだという想いを隠さなくていいのが、エレナは心の底から最高に幸せだった。

耳元でルキウスが小さく笑うのが聞こえた。

「そばにいさせて欲しいという言葉、この前も死にかけた君に言われたばかりだよ。――僕の方こそ、末永くよろしく。どうか、僕のそばにずっといてください」

長い旅が終わった実感を噛み締めて、しばらく二人は抱き締め合っていた。

こっそり見ていたレイが、やれやれと祝福の姿勢で、若者達を建物内へと引っ張り戻していった。

最終章　幸福な双子の兄弟と、二つの物語の終結

次期外交大臣シリウス・ティグリスブレイドが、エドレクス王国の末姫クリスティアナ・エドレクスと婚約をしたと、大々的な知らせが国内の新聞を騒がせた。

国交が開始された教育最先端の英知の国、エドレクス王国との各条約は、シリウスによって期待以上の約定まで交わされ、外交は華々しい終了を迎えた。

エドレクス王国は、次期外交大臣シリウス・ティグリスブレイドの功績を称《たた》え、イリヤス王国に敬意を示し、挙式に関しては獣人法に基づいて進めたいと声明を発表。

末姫クリスティアナの嫁入りの祝典は、新郎新婦となる二人の晴れ姿のお披露目と、婚前式が行われての出国の運びとなるとのことだ。

「良かったですね、姫様の来国が楽しみです」

「うん、僕もだよ」

呪《のろ》いが解けた日に、書類上ではすでに仮婚約者だったエレナとルキウスは、レイの協力の元、本婚約者同士となった。

両親とティグリスブレイド伯爵家の顔合わせ、婚姻までの承認の書類の記入など慌ただしい日々が続いた。結婚に向けて両家は惜しみなく尽力《じんりょく》してくれた。

専門機関での出来事から、二人は王都に滞在し続けていた。

これまでのように宿ではない。立派な住まいが多く集まった王都七番区にあるルキウスの屋敷で、のびのびと毎日を迎えていた。

「こんな大きなお屋敷があるとは思ってもいませんでした。お城みたいです」

「うっ、その……長らく不在にしていて、ほんと申し訳ない」

忙しい日々だったこともあり、王都滞在が始まってからずっと掃除やら整理整頓《せいとん》やらに追われていた。活動拠点を王都に置くと通達され、学会や学者達がひっきりなしに彼を呼び出しているのも作業が遅れる原因となっている。

名だたる教授や博士達が訪れては「わしらも手伝おうじゃないか！　婚約祝いだ！」と日々賑《にぎ》やかでもあった。

しかし不在であろうと屋敷をきちんと保つのが主《あるじ》の努《つと》めの一つだ、という厳しい声も上がっていた。

そう述べたのは、彼の実の両親である。屋敷内が倉庫みたいになったのも全部、使用人さえ置いていなかったためだろうと、ティグリスブレイド伯爵夫妻はルキウスに眉《まゆ》をつり上げた。

「嫁を迎えるのならきちっとしないか！」

「は、はいっ」

「ルキウス、女性の部屋はこんなものではだめよ。さっ、改装業者に連絡を取って！」

「はい！」

学者としても忙しくなったのに、家にいてもルキウスはバタバタしていた。

でも王都で暮らしていくことを一番に喜んでくれたのは、彼の両親だった。彼が王都で腰を据えることになったことで一緒に過ごせるようになったと、エレナは彼の一族の人達にとても感謝された。

「シリウスだけでなく、あのルキウスまで婚約者を迎えられる日が来ようとは」

「あなた、泣くのは早いですわ。結婚式もこれから見られるのですよ。エレナさん、今度お洋服を買いに行きましょ、それからお茶会にも！」

「落ち着かないか。それに、私の本のコレクションを持ってきて語る約束が――」

最近は、彼の両親が屋敷に来るとそんなことばかり言い合っている。リビングでゆっくり自由に過ごし、時々博士仲間と家具を運び込むルキウスを尻目《しりめ》に「女性なのだから、男性に任せて座っていなさい」と言ってエレナとお喋《しゃべ》りを楽しみもした。

身分を気にせず受け入れてくれた義理の両親達の態度が嬉《うれ》しくて、エレナも泣きそうになった。

今回の婚約を、村の両親達もみんな喜んでくれていた。二つ季節を越えたあとで行う予定を立てている結婚式には、知人友人も来てくれる予定だ。

結婚式を同じ日に挙げる計画を、ルキウスとシリウスは立てているらしい。出国式の知らせを受けたあとも『帰ってきてから詳しいことは話そう』と伝書鷹《だか》が屋敷にやってきた。

「帰国が待ち遠しいなぁ」

「ふふ、確かにそうですね」

整いつつある屋敷の中、休憩でソファに腰を下ろす時間にも心が満たされた。

どんな結婚式の計画が二人の間で飛び交うのか、それを想像するとエレナも自然と笑みがこぼれる。

「あまり無茶はしないようにね。重いものなら、僕に任せて」

「大丈夫ですよ。リデス教授様の奥様から譲っていただいたあの台、すごく可愛《かわい》かったでしょう？　ルキウスさんが会議中ならと、お弟子様達が協力してくださいましたし」

「うーん、僕としては、君が他《ほか》のオスに笑いかけているのがもやっとするというか……そう言うと心が狭いとは思うのだけれど」

そういうところも好きですけど、とエレナは言おうとしたのだがタイミングを逃《のが》した。

「いや、とにかくエレナは僕より手もとても小さいから、無理をしないようにという話。ほら、僕の手はこんなにも大きいだろう？」

ルキウスが寄り添うように頭を傾けて、左手を掲げて見せる。彼の温《ぬく》もりを感じながら、エレナも彼の手に合わせて自分の華奢《きゃしゃ》な右手を上げた。

そこにお揃《そろ》いの婚約指輪が並んでいる光景に、胸はいっぱいになった。たびたび彼もただそうやって眺めたいのだと分かっていたから、余計にくすぐったい気持ちがした。

――しかし、さすがは彼とまるで性格の違う双子の兄だ。

シリウスとの再会は、その後、予想外の形でなされた。

「ルキウス、帰ったぞ！　おめでとう！」

想定されていた帰国より数日早く、シリウスが嵐《あらし》みたいに突っ込んできたかと思ったら隣で改装業者と話していたルキウスが風のように消えて、エレナはびっくりした。

「ぐぇっ、兄さん苦しい……！」

「はははは！　うん、屋敷もちゃんと綺麗《きれい》になってきて、いいじゃないか」

「ちょ、テンション高すぎるでしょう！　兄さんこんなキャラじゃなかったはずでは!?」

ヘッドロックをかまされているうえ、さらに白い頭をぐしゃぐしゃにされたルキウスが、目を剥《む》いて同じ顔の兄を見つめ返している。

「これが笑わずにいられるか！」

シリウスは笑い声を響かせると、弟を放すなり今度は肩をバンバン叩《たた》いた。

改装業者と共に、エレナはしばし呆気《あっけ》に取られていた。

「ほんと、彼のこんな笑顔なかなかレアよね」

声がした玄関の方をぱっと振り返って、エレナは目を輝かせた。

「姫様！」

開かれたままの玄関から続いて入ってきたのは、シリウスと婚約したエドレクス王国の末姫クリスティアナだった。

異国デザインの正装ドレスに、彼女の美しい金髪がとてもよく似合っている。

玄関先で駐《と》まっていた黒塗りの高級馬車から、日傘《ひがさ》持ちをしただけの男が、傘をたたんで待機するのが見えた。恐らくは護衛だろう。

「ふふっ、クリスティアナでいいわよ」

エレナを見下ろして、クリスティアナがルビーみたいな美しい赤い瞳《め》を細めた。

「そ、それではクリスティアナ様、と……。それにしてもお久しぶりですねっ、お元気そうで良かったです！」

「ふふっ、あなたも元気いっぱいみたいね」

「はい、私はすごく元気で――あっ、それからご婚約おめでとうございますっ」

「あなたもね」

目を合わせたら、なんだかおかしくなって二人でくすくす笑ってしまった。

クリスティアナの話によると、外交で大きな成果を上げ大注目を受けているこの次期外交大臣様は、登城の予定をぐんっと急変更し、まずはこちらに立ち寄ったらしい。

ザガスが馬を飛ばして城へ伝えに行っており、お茶を飲む時間はないとのことだ。

「それにしても驚いたわ。エレナさんはもう一緒に住んでいるのね……まだ籍も入れていない殿方と、一つ屋根の下だなんて」

二階から見て回り、続いて一階をルキウスが案内する中クリスティアナが呟《つぶや》いた。ルキウスの隣にいたシリウスが、肩越しに振り返る。その仕草も優雅で、エレナはクリスティアナの隣で興味津々《きょうみしんしん》に見てしまった。

「その前に、彼はエレナと旅でずっと一緒だったんだが」

「あ。そういえばそうだったわね」

「それに僕の弟は、そんなに狼《おおかみ》じゃない」

その途端、クリスティアナがかぁっと頬《ほお》を染めた。

（……いったい何をしたんですか、お兄様）

シリウスが、不敵な美しい笑みでクリスティアナを眺めているのを見て、エレナはなんだかそわそわしてしまった。

しかし視線を逃がした先で、なぜか真っ赤になっているルキウスがいた。

「え？　ルキウスさん、どうしたんですか？」

「いや、うん、僕は狼じゃない……うん……」

「ほぉ、これはまた弟の新しい一面を発見したな。つまるところ、そこも僕と同じで、お前も食べたくてたまらないわけか――」

「わーっ！　兄さんストップ！」

ルキウスが叫んだので、途中から言葉がよく聞こえなかった。

ともあれ、双子だから分かることもあるらしい。エレナは幸せになった二人の姿が見られたことも嬉しくて、クリスティアナと顔を見合わせて心の底から一緒に笑い合った。

「エレナさんに打ち明けるわね。私、こんな光景がずっと見たかったの」

「私もです」

耳打ちされたエレナも、クリスティアナに囁《ささや》き返した。

男性陣と女性陣で、屋敷の中は少しだけ賑やかになる。しかし、陛下から「シリウスがまだ来ない」と知らせを受けた両親が突撃訪問してきたことによって、続いてやってくるザガスも加わり場はもっと騒がしくなるのだった。

了

あとがき

百門一新です。皆様のおかげで獣人シリーズも、第8弾をお届けできることになりました。

まさかのデビュー作の読み切りの「獣人隊長」から、同じ世界でのお話をお届けできることになって、8巻目……これもひとえに応援してくださっている皆様のおかげです！　本当にありがとうございます！

今回は、２ヵ月連続刊行の弟の物語です。

獣化を持った弟自身の物語でしたので、より大切に執筆いたしました。とても思い入れがある作品になりました。

読んでくださったのがとても嬉しいです！　皆様、本作『白虎獣人弟の臆病な学者事情』をお手に取って頂きまして誠にありがとうございます！

双子の獣人ヒーロー、兄と弟のお話。どちらもストーリーは完結しておりますが、今回は特別仕様の構成でお届けしたいと考え、弟編の本作で、兄編と弟編の最終章も書きました。

兄弟のハッピーエンド、お楽しみいただけましたでしょうか？

兄のシリウス編では書かれていなかった、ルキウスとエレナ視点もお楽しみいただけていたらとても嬉しいです。

あの時シリウス、馬車の中でそんなことかあったんだなぁと、弟編まで読むとシリウス編では見えなかった部分まで見えてきて面白い、ということをテーマに構成を立ててみました。

レイさんを、今回は多めに書けたのも嬉しかったです！

ちょくちょく登場する、謎多き年齢不詳の獣人族の老人医師です。

「獣人隊長」をお読みになっていたお方は、もしかしたらお気付きになられた人もいるかもしれません。レオルドが成長変化で見た——そして「黒兎伯爵」でヒロインが見掛けていた黒い不思議な影——それを今回「獣人学者」で書けたのも嬉しく思いました！

そう、彼でした（笑）

いつかレイさんのこのことを含めて書けるといいなぁと妄想していたのですが、皆様のおかげで、「獣人隊長」と「黒兎伯爵」でちらりと出していたその『正体』を本作でお届けできたことも嬉しく思いました。

夢が叶ったのも、皆様のおかげです。本当にありがとうございました！

大変な運命を背負った弟編は、兄編との最終章も込め豪華な面々で双子兄弟の最後を飾らせていただきました。お楽しみいただけていたのなら幸いです！


春が野先生、兄のシリウスに続きまして、今回弟のルキウスも素敵なイラストを本当にありがとうございました！　カラーの表紙とピンナップを見た時、この物語にぴったりなルキウスとエレナらしいイラストに大興奮でした！

モノクロイラストでは、とくに最後の四人が一緒の一枚にとてつもない感動が込み上げました！　まさか四人が揃って最後を飾ってくれるとは思ってもいなくて、ラフを拝見した際の感動はものすごかったです！

弟のルキウス編でも、担当編集者様には大変お世話になりました！　素晴らしいデザイナー様、校正様、編集部様や本作にご協力し一緒にがんばってくださいました全ての皆様に感謝申し上げます。

そして本作を読んでくださいました皆様！　本当にありがとうございました！

またどこかでお会いできましたら嬉しいです。

２０２２年２月　百門一新

白虎《びゃっこ》獣人《じゅうじん》弟《おとうと》の臆病《おくびょう》な学者《がくしゃ》事情《じじょう》

このたび獣人学者様《じゅうじんがくしゃさま》の秘密《ひみつ》の仮婚約者《かりこんやくしゃ》になりまして

2022年4月1日　初版発行

著　者■百門一新

発行者■野内雅宏

発行所■株式会社一迅社
〒160-0022
東京都新宿区新宿3-1-13
京王新宿追分ビル5F
電話03-5312-7432(編集)
電話03-5312-6150(販売)

発売元：株式会社講談社
(講談社・一迅社)

印刷所・製本■大日本印刷株式会社

ＤＴＰ■株式会社三協美術

装　幀■小沼早苗(Gibbon)

ISBN978-4-7580-9447-4

●この作品はフィクションです。実際の人物・団体・事件などには関係ありません。

この本を読んでのご意見
ご感想などをお寄せください。

おたよりの宛て先

〒160-0022
東京都新宿区新宿3-1-13
京王新宿追分ビル5F
株式会社一迅社　ノベル編集部
百門一新《ももかどいっしん》 先生・春《はる》が野《の》かおる 先生